◆古代智慧与逻辑丛书◆

一封藏了十六年的信

筠芝 译著　小暮 编著

中国市场出版社
China Market Press
·北京·

身体的发育，思想的形成，谓之成长。

终有一天，曾经讲故事的你，

目送曾经听故事的他的背影，渐行渐远。

他会长大你会老，

身与心都不能再陪他万水千山走遍，

但饭桌旁睡觉前的故事所构建的世界观和思想启蒙，

会一直陪他关山万里风雨兼程。

一如妈妈的妈妈那道家常菜刻印下最初的味蕾记忆般，

将家族的思维方式、审美品位、三观和寄望，

以最简朴并直观的方式传承下去。

也正因此，

家，是教育的来路，亦是归途。

目 录

01 莱比锡市集里的傻瓜

故事发生在19世纪。有一天，希勒尔醒来，忽然有一种冲动，特别想去见自己的老师曼德尔，想和他一起过安息日。但冲动归冲动，实现起来尚有难度：安息日在即，况且自己所在的巴布洛伊斯科距离老师住的地方有好几公里路。要在安息日来临之前到达老师那里，似乎非常悬。

就在这时，有一位年轻的伙伴主动提出可以帮忙。他有一辆新马车，还有日行千里的骏马，一定能帮助希勒尔完成愿望。可是，时间确实有限，希勒尔不但需要当机立断，立刻做决定，还要接受两个条件：其一，他们必须走一条快道。众所周知，若非逼不得已，希勒尔是绝不走那条路的，因为那路是由尼古拉下令建成，而尼古拉对犹太人心怀深恨。其二，在路上，希勒尔必须缩短祈祷用的时间。

眼下，希勒尔内心强烈地涌动着见老师的激动，便答应了这两个要求。

当晚，赶路途中，他俩找了一家路边旅店借宿。到了第二天清晨，年轻伙伴起床，祈祷，吃了早饭，便去看希勒尔准备得怎样。希勒尔还在祈祷。又过了一会儿，年轻伙伴再去查看——希勒尔还是在祈祷。不知不觉几个小时过去了，希勒尔还在掏心掏肺地祷告。

终于，希勒尔结束了早晨的祷告，却发现同行的伙伴正生自己的气。“我真是搞不懂你了，”他抱怨道，“你不是嚷嚷着要和你老师共度安息日么？！出发之前，你明明跟我保证过要尽量缩短祈祷的时间。现在可好，你把我们的行程时间都打乱了，你别想准时见到你老师了！”

希勒尔说：“假使说，你想要去莱比锡的市集上买一件十分罕有稀少的宝物，这件宝物在任何别的地方都买不到。但偶然地，在去莱比锡的路上，你遇到了一个商人，他卖给你一件一模一样的宝物，而且价格更加实惠。那这样的情境下，只有傻瓜才会叫嚷着说：‘我一定要去莱比锡市集！’我想说的是，一段旅途的目的既非一座城，也非某个乡，而是那个梦寐以求的、稀有珍贵的宝物。”

“一个人为什么一定要去见老师呢？为什么不在自己的祷告中发现至真至诚的心？如果一个人在去见老师的途中，意外拾得了那件宝物，那他难道应该舍弃它而奔赴莱比锡市集么？”

智慧领悟

做事情的时候，我们常常沉迷于流程和形式，而渐渐失去了初衷，忘记了我们到底为什么要做这件事。主人公一开始想要去见老师，但是在去见老师的路上，他发现自己已经得到了最宝贵的东西，也就是他告诉朋友的——至真至诚的心。在我们做决定的时候，最有帮助的就是问问自己：我到底为什么要做这件事？现在我所做的，有没有真正达到我的初衷？或许我们会恍然大悟，也或许我们会更加坚决地走下去，或许他人会不理解而责怪我们，但这都不重要。因为如果我们真能得到我们心中珍视的宝物，那么无论花费怎样的代价都是值得的。

02 想见外公的曼德尔

19 世纪中，曾被大家誉为圣人的曼德尔从小就是个孤儿。他的妈妈狄波拉在他三岁那年就病死了，是他的外公施努尔把他带大的。外公对他特别重视，从小把他的教育和指导抓得很紧，对他的生活也是爱护有加。但在他成长的过程中，外公也不幸离他而去了。可是，这并没有停止他对于外公的精神依赖。在梦中，他经常会询问外公各种不懂的问题；在白天的学习中，外公的身影也常显现在脑海，为他指引明路。

可是忽然有一阵子，外公不再出现在他梦里，也不在日间出现在他脑海中。他心中渐渐积聚了一大堆想要问外公的话，却无处诉说，这让他非常痛苦。他越来越想要见到外公，可是外公就是不出现。

一天清晨，曼德尔正在去会堂见自己岳父多夫贝尔的路上，恰巧路过早市。这破晓的时分正是早市苏醒的时候，充满了生机。正在这时，有个名叫埃利亚胡的年轻人上前叫住了曼德尔。埃利亚胡是个性情淳朴的好人，以在早市中做些买卖为生，生活得比较艰辛。

“曼德尔，求您了，”埃利亚胡说，“您能不能借我五块钱？我今天晚些时候或者最迟明天一早就还给您。今天的早市会很热闹，我要是手上有些钱的话，说不定能够挣到更多，我一定会还给您。”

“当然了，埃利亚胡，”曼德尔说，“我现在正在去祷告的路上，等我祷告一结束，你就径直来我家，我立刻把钱借给你。”

说罢，曼德尔走进会堂，开始准备早晨的仪式。他已经穿好了祷告的服装，检查好了自己的仪表，可正在理头发的一瞬间，一个念头闪过了他的脑海：“我刚才为什么要埃利亚胡在祷告结束后来我家找我呢？今天他们在市场里摆摊做买卖，每一分钟对于他们来说都是弥足珍贵的。他哪里能耽误这个时间？哎，我应该立即给他钱的。”

想到这里，曼德尔马上又换下身上的衣服，飞速奔回家，取出钱，又飞速奔向市场里边找埃利亚胡。此时的市场已是人头攒动，卖牛马的，卖商品的，都在此起彼伏地吆喝着。眼下四处停着各式运货的马车，还有忙碌的人们在搭起一个个的摊儿。在市场里找了好一会儿，曼德尔才找到了埃利亚胡，把钱给了他，然后又回到了会堂里。

正当他重新穿上祷告服、整理完仪容的一刹那，外公出现在了他的眼前。他实在是不敢相信自己的眼睛，脸上流露出抑制不住的喜悦。

30 年后，曼德尔对自己最年幼的孩子塞谬尔回忆起当年那个早晨的情形，他说：“当你帮助一个伙伴买卖一头小牛，帮他挣了 70 块钱的时候，天堂的大门就会向你敞开。”

再后来，塞谬尔把这个故事又说给自己的儿子听。他思忖道：“这所通往天堂的大门，我们即使知道它会在我们行善事的时候向我们敞开，但知道在哪里能找到这扇大门吗？但是，这些都不重要。

重要的是，我们必须全心全意地、真心实意地奉献我们自己。你说，还有什么快乐能比有能力去帮助他人的快乐更为深切呢？”

智慧领悟

对于善有善报的道理，我们都不陌生。但如果我们把善有善报当作我们行善的唯一动力和最重要的原因，那我们还是不明白何为真正的善。真正的善心，是发自内心的对于他人的体恤和同情，并不需要利益的引诱或者理性的盘算。在很多故事中，我们都看到那些慷慨行善的人，得到了上天或者他人的感激和回馈，但事实上，在行善的时刻，他们就已经获得了他们的回报——帮助他人的快乐。他们已经仿佛身处天堂了，因为内心感到非常幸福和满足。所以，我们与其去效法他们感人的行为，不如首先去成为这样的人。

03 “卡瓦纳”

有一天，多夫贝尔的家里来了一位访客。这位访客是多夫贝尔幼年的好友，两人曾经在青年时期一同学习。没想到时隔那么多年，曾经的小玩伴，早在多年前成了什姆托夫身边的得力助手，并在其过世后，承接了他的角色，担任起领导犹太社区的重要工作。他不禁若有所思地认真观察起童年玩伴的举止来。

他注意到，多夫贝尔花在祈祷上的时间真是惊人的多。他本人倒是对长时间的祷告并不陌生——犹记得自己和多夫贝尔两人尚年轻时，经常一同钻研当时流行的神学书籍，并按照书里说的“卡瓦纳”，专心致志地祷告——可即便如此，他也未曾见过有人花这么多时间和精力去祷告的。

（注释：“卡瓦纳”，取自旧约圣经中的希伯来语，意为“意图”“虔诚心”“带着真心去做某件事”，通常在犹太神秘主义中，被认为是参与任何祈祷及礼仪的必要心境。因此，“卡瓦纳”指的是祈祷者心神的状态，指他/她在祷告时全情倾入的诚意、投入，以及情感浸入。尤其在正统派的犹太人中，“卡瓦纳”强调的是情感上的虔诚，而非为了礼节而背诵或念诵篇章。“卡瓦纳”一直是犹太学者研究及辩论的对象和概念，有学者认为，不同的节日、不同的祷告，需配有不同程度的“卡瓦纳”，比如，住棚节有其特定的“卡瓦纳”，逾越节有其特定的“卡瓦纳”，五旬节有其特定的“卡瓦纳”，诸如此类，等等。）

“我就不理解，”他对多夫贝尔说，“同样是带着‘卡瓦纳’在祈祷，为什么你要用那么多时间，我却不需要呢？”

多夫贝尔的这位朋友其实也是一位有识之士，饱读诗书。他的妻子平日里经营家族生意，这样他十分幸运地能有足够时间研究经书，继续学习。他平时深居简出，一年里唯独出远门一次，通常一次出行几周时间，帮助他妻子采购一些商品。有时他需要去莱比锡的市集里讨价还价，做些买卖。

“听着，”多夫贝尔对朋友说，“我有一个点子。我知道你喜欢在家研究书籍，不喜欢出远门。那何必每年都要浪费几周的时间在市集里呢？不如今年你换个方式吧！今年你就待在家里不出门。你在自己的脑海里想象去莱比锡市集的旅程：一路上的每个站点，每个十字路口，每一家路边小旅馆。然后，想象你一路跋涉后，终于到达了莱比锡的市集。想象你自己周旋于那一个个摊位间，和一个个商人交谈生意，把那些熟悉的讨价还价在脑海重现一遍。最后，想象你已经有了交易来的商品，将它们置于脑海中的车里，然后踏上归家的路程。我想，这整个想象的过程花不了你两个小时的时间，剩下的几周时间，你都可以投入典籍中，专心致志地学习了。”

“你说的这些都很美好，”多夫贝尔的朋友说，“但是，有一个严重的小问题——我是真需要那些商品呀！”

“那么，对于祷告及‘卡瓦纳’来说，同样如此。”

多夫贝尔说，“在祈祷中，想象神的旨意和美德，或者是在某个篇章中，念及自己内心的某种情绪，这些都非常美好。但是，问题是——我需要真正的商品……”

智慧领悟

正如故事中所说，“卡瓦纳”强调的是情感上的虔诚，而非为了礼节背诵或念诵篇章。因此，如果我们不改变对事物的看法，想要单单去改变我们做事情的态度和方式是非常困难的。因为最彻底的改变，一定是首先由内心开始。正如故事的主人公解读他的朋友的祷告，他羡慕友人可以有如此专注而虔诚的祷告，而他的好友却告诉他说，如此长时间的祷告，来源于对神的旨意和美德的迫切需求。换言之，如果内心并不是真的那么渴望得到神的旨意，在仪式上花费再长的时间也是不可能有所收获的。当我们仅仅出于礼仪和惯性去做一件事情（比如看望父母或者陪孩子玩），效果可能差强人意。但如果我们停下来想一想自己去看父母或者陪孩子的动机，确认这真的是我们迫切需要的又想要去做的事，当我们有了内心的真情实感，做事的劲头或许就会大不一样。

04 芳香神果

这天是住棚节的第一天，所有丽瑧斯科的弟子们都聚集在埃利梅勒赫的会堂中，大家精神愉悦，节日气氛甚是浓厚。

当埃利梅勒赫站在讲台上准备开始诵诗时，台下的弟子们注意到气氛明显有所异常，他们将目光统统集中在埃利梅勒赫身上。只见他按照住棚节的习俗，手拿香橼果和椰枣树枝条在头顶上挥动，同时却心不在焉地一直在空气中嗅着什么。真是奇怪了，他为什么不像以前那样，镇定自若地完成整个仪式呢？从他脸上的神情可以断定，一定是有格外激动人心的事情在影响着他的情绪。

果真，祷告一结束，埃利梅勒赫立刻跑到专程前来与他共度住棚节的哥哥祖沙身边，尤为急切地说："哥哥，快来帮我一起来寻找究竟是谁家的香橡果有如此奇香吧！我刚才在台上就控制不住地闻，现在整个会堂都像是浸满了来自天堂的芬芳！”

于是，兄弟俩挨个把会堂里所有人都找了个遍，终于在一个不起眼的角落中发现了一个默默无闻站着的人。他若有所思，浑然不知周边事。原来是他的香橼果散发出的奇香。

“就是他了！”埃利梅勒赫高兴地惊呼，“我亲爱的朋友，请您快告诉我，您是谁？您是从哪儿买到如此摄人心魄的香橼果？”

角落里的人有些受到惊吓，同时被这个突如其来的问题问蒙了。他小心翼翼地选择字词，颇为缓慢地说：

“请原谅我的无礼，老师，这可真是个长故事。您愿意坐下来，来倾听这整个故事么？”

“当然了！”埃利梅勒赫用充满理解的语调热情地说道，“我愿意坐下来听，我敢说这一定会是个好故事！”

“我的名字，”那外表十分安静的男子说道，“叫作尤里，我的故乡在斯特瑞里斯克。一直以来，我就很喜欢过住棚节，尤其把住棚节的四种植物看作是我生活中重要的部分。我家里并非富贵之家，因此也没有钱去买特别名贵的香橼果。我妻子懂得我的心意，为此出去为他人做厨娘来减轻我的经济负担，这样我就有更多的金钱自由去买那些丰富我精神世界的东西了。我本身的职业是教师。我在一个叫作雅内芙的小村子里教书，那里离我家也不远。我赚来的钱，一半用来家用，另一半我存着买上好的香橼果。最好的香橼果在一个叫莲宝阁的地方能买到，为了省下路费，我一般都是徒步去那里。

“今年，在住棚节前，我像往年一样，带着买香橼果的50个金币，徒步去莲宝阁。我在中途路过一座森林，恰巧该是我祷告的时候了，于是我找了个小旅店歇脚。

“就在我祷告时，耳边不时地听见有人泣诉呻吟的声音，听着十分悲痛，很是揪心。我很快地完成祷告，好去查个究竟，看看到底是怎么回事，自己是不是帮得上忙。

“我找到了那个正在哭泣的人，啊，我此生都不会忘记他的容貌。他面容枯槁，五官也是极为粗犷，身上穿着普通农民的装束，手里还提了一根马鞭。我走向他的时候，他正在和旅馆的主人倾诉心中的抑郁不快。

“他讲话语无伦次，很难理出头绪。通过他的言辞和泣诉，我终于大致理解了他的苦衷。原来这个可怜的人儿是个马车夫，家中有一个妻子和几个孩子，平日里生活本就很艰苦了，经常揭不开锅。常言道，祸不单行，他赖以生存的马匹在离旅店不远处的森林中忽然倒下了，无论如何都站立不起来。

“我在一边听了他的故事，实在是不忍见他那么悲观消极，于是就上前安慰他说，千万别忘记我们都有上苍眷顾，即便是再大的挫折困苦，上苍一定会助力我们渡过难关。

“此时，旅店主人说：‘这样，我再卖给你一匹新的马，只需 50 个金币。我敢和你说，我的这匹马至少得值 80 个金币。但是为了帮助你，我不在乎！’

“‘我连 50 个铜板都没有啊，哪儿来 50 个金币再买一匹马！’马车夫愤愤道。

“我在一旁心想，眼前有这么个人身陷绝望的人生境遇，全家都指望着他和他的马维持生计，而我怎么能留着这钱，用来买一只有香气的果子呢。于是，我对那旅店主人说：

“‘快告诉我，你的马最低多少钱能卖？’

“那旅店主人转头看着一直站在边上的我，脸上的神情惊呆了。他说：如果你现在当场付我全款，那么我可以以 45 个金币的价格卖给你。再低，我就不卖了，我不能做亏本生意！

“我当下就取出钱包，拿出 45 个金币递给他。马车夫在边上惊讶得眼睛都快瞪出来了，他这才明白我是要拿自己的钱买匹马给他，他整个人都不一样了，浑身放松，兴奋得一句话也说不出，喜悦之情甚至无法用世间的言语来表达。

“我对他说：‘你看，天无绝人之路。即便你到了最山穷水尽的关口，也一定要相信柳暗花明又一村！’于是，马车夫开心地和旅店主人一起去取新的马匹，用来换下病倒在森林里的马儿了。

“他俩一离开，我也就收拾了行囊迅速退房了。

我不想等着马车夫回来再见到我，那样他一定会拼命感谢我的，我不想看他这样谢我。

“终于，我到了莲宝阁，此时口袋里只剩下仅有的五枚金币。哎，不能指望买上等的香橼果了，只好买个普普通通的香果吧。以往那些住棚节，我爱香橼果是出了名了，总是买最佳的果子，雅内芙的村民们也喜欢来我家，赏香橼果，一起祈福。可是今年，我跑了这么远的路，却只带回来个普通的果子，也不好意思让朋友们来我家过节了。我妻子说：那不如你就去丽瑧斯科过节吧，反正那里没人认识你。”

“亲爱的尤里啊，”埃利梅勒赫听完了这个故事，感叹道，“果然如我所料，真是一个既离奇又精彩的故事！难怪您的香橼果奇香四溢，闻其芬芳如同身临伊甸仙境，那么，现在我请您听完您的故事后续吧。”

“你拯救的这位马车夫对从天而降的好运思前想后，认为你一定是上天派到人间来帮助他的神使，换了人的面貌，帮助他渡过难关。他想明白后，很是快乐，想报答你对他的恩惠。但是，可怜的马车夫既不识一个希伯来字母，也念不全半句祷告，苦于无法表达心中的感激。他绞尽脑汁，想要有一个最好的报答方式。

“终于，皇天不负有心人，他想到了。他挥起手中的马鞭，用尽全身力气挥向空中，并尽浑身之能喊道：‘您在天上，我对您感佩无尽啊！我能做什么，来让您信服我对您的爱？就让我挥舞我的马鞭以示我的爱吧！’于是，马车夫将马鞭在空中用力挥舞了三下。

“此时正是赎罪日之时，上帝正坐在审判椅上，聆听赎罪的第一声祷告。

“这时，负责将祷告带入天堂大门的伊扎克正推着一整马车的祈福和愿望，靠近大门，不料撒旦也正推着一整马车的罪过与错误驶向大门，挡住了伊扎克的路。我和我的哥哥祖沙也上前帮助伊扎克，助力他奔向天堂。但是，我们的力量哪怕合起来，也根本起不了作用。

“忽然此时，我们听见天空中响起惊人的马鞭声。那马鞭声之巨，划破天际，天空中忽见一道明亮的光，照亮了整个天堂！又见一群天使与神围成圈，一起歌颂上天之德。原来他们是听见了马车夫对天父的赞溢之辞，他们这样回应：如此被子民盛赞，上帝快乐至极！

“一时间，天使米哈出现了，他牵着他的马匹奔向载着祈福的马车，在马车夫的马鞭声之下，马车如获神力，直跃向前，竟踏平了前边挡路的一车罪过与错事，如履康庄大道一般直达天堂的荣耀之座。上帝以热情和优雅接待了他，并离开了审判之席，转而坐向仁慈之位。于是，一年的欢喜与安康就得以获得。”

“现在，亲爱的尤里，”埃利梅勒赫最后说道，“你知道了，这一切的发生都是因为你高贵的行为。快回到你的故乡成为一位领袖吧！你已经获得了上苍的应允，应当扛起这份担当和认可，获得你的价值。但在你离开之前，请让我用手拿一次你的奇香果吧，并允许我以此感恩上苍。”

[注释：住棚节，又称收藏节。每年从犹太教

历提市黎月（公历9、10月间）15日开始，为期7天。为纪念以色列人出走埃及进入迦南前40年的帐篷生活而设立。在节日期间，犹太人必须建造一个临时建筑，在其中进餐、款待客人、休息，甚至在其中睡觉献上祭品，以感谢上帝的恩赐。住棚节也是农民求神降雨的日子。

在每次住棚节7天期间，律法书规定犹太人必须手握住棚节四样植物摇动，代表特别的意义。这四样植物是：枣椰树（希伯来语：lulav）枝条、番石榴（希伯来语：hadass）枝条、柳树（希伯来语：aravah）枝条和香橼（希伯来语：etrog，类似柠檬），前三种枝条通常捆扎在一起。在节日之前，犹太教团体中通常都会出售这些植物。不过，在一些犹太教改革派团体中，对于其中一种或几种非本地出产的植物，采用芦苇等其他植物来代替。]

智慧领悟

我们无心之间为他人所做的事情，其意义远

远超过我们所能想象。因为善良和爱心常常是能引起连锁反应的，它所能到达的距离和深度都不是起初可以预料和判断的。最终，我们曾给予他人的善意和帮助，也会以我们想不到的方式回到我们自身。故事中的这位主人公，是真正有大智慧也被上天所眷顾的人，他情愿放弃自己的心爱之物去帮助走投无路的马车夫，然后迅速地离开，不图回报。他高贵的品格和慷慨的心肠都是无法被掩藏的珍宝，也配得上极大的奖赏。犹太的大师们把这些故事记载下来，相信也正是想要鼓励人们顺着自己美好的天性去尽力施舍，并相信这也是获得上天祝福的最好方式。

05 过家家

曾经，在多夫贝尔和他哥哥艾哈龙还是小孩子的时候，他俩常在一起玩“过家家”。那时，多夫贝尔才五岁，艾哈龙也不过比他年长一岁半。小多夫贝尔不喜欢扮演“老师”的角色，他说，这个世界上只有一个老师，那就是他俩的祖父曼德尔。于是，艾哈龙就只能扮演老师了，而多夫贝尔呢，就是学生。

学生和老师之间，若有单独对话，多是探讨两类事情：第一类是 Haskalah（这个词在古典希伯来语中意为“智慧”“理解”，在现代希伯来语中多意为“启蒙”“启发”），通常学生会问老师学术上的困惑或者问题；第二类是 Avodah，也即工作或者对上帝的侍奉，通常学生会询问有关的指示和建议。那在犹太小孩儿玩的“过家家”中，“学生”要分别问老师一个“Haskalah”问题，一个“Avodah”

问题。

在多夫贝尔与艾哈龙的游戏中，第一部分的问答是这样的：

“老师，到底什么样的人算是犹太人？”

“犹太人是火。”

“那为什么我碰你的时候，你不会烧着呢？”

“因为火不会烧到火。”

第二部分的谈话里，“学生”提到了自己个人Avodah领域的不足，“老师”给出了建议，教他如何改正。谈到这里，年幼的多夫贝尔对艾哈龙说：“你不是老师。”

“我为什么不是？”艾哈龙问道。

“因为，”小多夫贝尔说道，“老师在回答问题前总会先叹一口气。”

智慧领悟

孩子对成人世界的观察，常常是越过了很多表象，不经意间就洞察了其本质。对于老师，他们不仅观察学习到了他们说的话，更重要的是，他们注意到了老师的语气和态度。那一声被听到的叹息，代表着什么呢？或许那是一种对于世间智慧之广博浩瀚的赞叹，或许是认识到“吾生也有涯，而知也无涯”的叹息。总之，一个老师在学生面前，固然有着传授知识的权柄和自信，但同时他也深知自己所知不过是沧海一粟。我们在面对他人的请教和询问时，也当常存这样的谦卑。一个傲慢的人是可怕而无知的，因为他的傲慢使他很难意识到自己的不足和缺欠。而一个傲慢的人和一个谦卑的人最大的区别，或许就在于那声轻轻的叹息。

06 每天都不同

一位年轻的学者对一个问题很困惑，向他的老师什姆托夫求解。他在学习的过程中发现那些所谓圣贤之人的话里有矛盾，想听听被人称圣的老师是怎么看的。一方面，塔木德里面说：一年初始之时，一个人这一整年的运势以及生计都已经有其既定命运；可是另一方面，塔木德里面又说：每个人每天的命运都将重新受到审判。如此两种说话，岂不是自相矛盾么？

什姆托夫把年轻的学者带到窗边，指着窗外一个路人，只见他肩上扛着一根竹担，两头分别挂着一桶水，看样子他应该是以挑水为生的。“来，我们一起去问他。”什姆托夫说道。

“费弗尔啊，我的朋友！你今天怎么样？”什姆托夫关切地问他道，“你的身体如何？你的生意如何？”

“谢天谢地啊，我很好。”那挑水工一边回答，一边却失意地叹了一口气。他接着感叹起生活的艰辛，如此每天挑着沉重的担子运水是多么不易，却只能挣到勉强糊口的钱。不仅如此，周围街区那些调皮捣蛋的孩子们还会故意欺负他，有时候还恶作剧地拌他一脚。

什姆托夫对他说了几句同情与怜悯的话之后，便告辞了。他和学生一起回到会堂。

“我还是不明白，”年轻的学者仍然一脸茫然，“他说的那番话，与我问的问题何干？”

什姆托夫笑了，他说：“明天同一时间你再过来，到时候你就会明白了。”

第二天他俩站在窗前，等着挑水工出现。一看见他，他俩立刻出门迎上前去。

“费弗尔！今天怎么样？”什姆托夫问道。

“谢天谢地，我挺好的。”挑水工看起来心情非常好，“其实我不该抱怨的，我的生意相对还算稳定——毕竟每个人都要喝水嘛！我虽说没钱，但还生活得下去。挑水的担子很重，但是谢天谢地，我的身子骨十分硬朗！”

“那么,那些个调皮的孩子呢？他们老欺负你。”什姆托夫坚持问道。

“咳！孩子嘛！”挑水工笑道，“上帝保佑他们！孩子本身不就应该调皮捣蛋的么！不是么？更何况，只要几颗糖，他们就乖乖的啦！”

说罢，挑水工便踩着轻松的步子向前走去。

什姆托夫转过头，对学生说：“你看到了吗？他昨天和今天做着完全一样的事情，赚着完全一样的钱，可是心情与态度是完全不同的。确实，一个人的命运也许在初始就定下了，可是我们每一天如何去迎接它，对待它，这就是我们每一天要面临的审判。”

智慧领悟

如果提前知道了我们一生的命运，我们会不会活得不一样？事实上，每个人的答案都会有所不同。有人会因此而放弃努力，因为反正命运已经无可改变；但也有人会因此而积极应对，因为提前知道就是为了做得更好。不同的人，即使面对相同的命运也会有截然不同的反应，就像身处逆境，有人会一蹶不振，有人反而越挫越勇。虽然环境不可改变，出身不能选择，但我们却可以选择我们的态度和心情。我们最终的状态如何，环境只是一部分原因，更重要的我们在每一天做出的选择。犹太人有最终审判的观念，其实，即使我们不需要面对审判，岁月在我们脸上和生命里都会留下痕迹，或使我们更颓废，或使我们更强壮。

07 一个邮递员的警觉

荷美尔的艾子克学识渊博，为人公正不阿，受人尊敬。一次，他受邀到切尔尼戈夫城调解一桩纠纷。切尔尼戈夫在乌克兰境内的北部，艾子克生性低调，不喜过多受人注意，于是选择住在郊外一个不显眼的地方。他住的地方，边上是个邮局。

尽管他已经十分小心，不想让人知道自己来了城里，但消息还是像生了翅膀般，迅速传开。很快，他低调的住处就挤满了人，前来请教问题的，目睹他风采的，见识他学问的，都从各地赶来。热情的人们还带来了各自家中的美食佳肴，堆在桌上，好不热闹。

他们一边享受着嘴里的美味，一边享受着耳边艾子克的解惑。每个人都听得很出神，艾子克讲解完，其中有一部分前来请教的学者们走出屋子，消化复习刚才的内容。剩下还有些人，仍继续坐在屋子里品尝来自各家各地的美食。

也许是出于轻微的负疚感罢，其中有一位组织这场活动的朋友，他见有人出门讨论刚才讲课的内容，而他自己其实更愿意留在屋内进食，不免嘟囔起来："我们这些人，虽坐在屋里，也都是把老师刚才说的内容理解了的，听明白了的。难道我们今晚回家不会温习了么？那些现在就跑出去的人啊，我看他们是真没耐心，难道非要现在讨论不可吗？他们连这点时间都等不了吗？"

艾子克老师在一旁也听见了这番话，他留意了，却没有马上发表意见。

隔了一段时间，屋外一阵火车刹车的巨响。屋里的一个人，是邮递员，他一听到外边的火车鸣声就箭步冲了出去，从火车上取下需要送递的信件。

艾子克老师立即转过头，对刚才嘟囔的朋友说："你有没有注意到，我们屋子里的每个人都听见了火车隆隆的鸣声。我们中的大部分人也许在脑海中思考究竟是什么使得这鸣声如此响亮，或者想到些别的有关问题。但是，大部分人仍然是无动于衷，不会冲出去的。只有他一个人夺门而出，因为这对他来说是生计，是工作，他整日脑子里所想的，练就了他一听到鸣声就要出去接应。同样，刚才早些时候出门去的那些人也是如此。学习知识和思考问题对于他们来说，是生计，是工作，是他们的生命，也是他们日思夜想的东西。所以，他们会在第一时间出门去消化，去巩固，在其他人还在屋里的时候，他们就跑了出去……”

智慧领悟

当我们疑惑为何在同样的环境和条件下，我们和他人最终有如此大差距的时候，不妨想一想，是否在一开始，我们就置身不同的前提之下。比如，我们常说自己是热爱学习、追求真理的人。但事实上，学习的意义对每个人来说常常是不同的，因此，学习劲头也会天差地别。故事中老师所讲的内容，对于一些人来说就像每日的呼吸和生计一样重要，他们自然会迫不及待地讨论、思考。而对另一些人来说，知识和真理固然重要，却还重要不过眼前的美食和舒适，那么他们还坐在那里就不足为奇了。这些行为，本身并没有什么是非对错，也不需要强迫别人一定要和自己一样。对一些人来说，追求真理是一种本能而不是一种选择，也就难怪他们会如此废寝忘食、如饥似渴了。

08 富翁的葬礼

镇上的哪个富商死了，一般来说拉比是不闻不问的，更不会逐一去参加葬礼和凭吊。所以，最近发生的事才让布尔迪契夫镇上的人们议论纷纷。

原来，镇上的伊扎克拉比反常地出现在了一位富商的葬礼上，目睹的人群忍不住问他：这次为什么破例？

“这是他做了一世好事，积攒得来的。”善良的伊扎克对质疑的人们说，“请允许我和你们分享几件我所知道的故事，你们就知道我为何这次为他破例了。”

“我们镇上曾经有户人家经济状况很糟糕，连吃饭都很成问题。他尝试过很多赚钱的方法，但每次都不幸地把自己拖入更深的债务中，最终无一成功。更糟的是，他除了要操心如何偿付每月的开销外，还要受到妻子无尽的指责。妻子也饱受这样的生活之苦，于是郁郁寡欢，日渐消沉。她时常把家中窘迫的经济状况全责怪在丈夫身上。他的生活整天都不得安宁。

“终于，他想：如果我到一个新的地方去发展，会不会帮助我转运呢？也许，上苍都会同情自己，让自己在新的地方赚点钱呢？毕竟，很多人的命运就是在一次简单的远行后发生了巨大的改变的……但是，一想到妻子听到这个想法后的反应，他就又愁苦起来。她一定不会同意自己去一个陌生的城市，尤其是连个落脚点都没有的情况下。万一找不到工作怎么办呢？这样一来，他不在的时候，家里的日常开销由谁来承担？这时，他灵光一现，一个异常大胆的想法跃入脑海，对，就这么办！

“一天，他假装带着一百二十分的自信大步昂首回到家，喜洋洋地要和妻子分享天大的好消息：‘真是上天有眼啊！我终于找到一份好工作了！这位老板（伊扎克解释道，这人口中的老板正是死去的这个富商）给了我一份工作，卖他工厂加工的器皿。接下来的这段日子，我要出差去不同的城市，这份

工作需要我经常在外。但是，你不用担心了！你每月可以领到我的薪水！你只要每月去工厂，排队等经理分发钱就可以了。’

“他对妻子这么说的时候，明知到时候没有什么薪水可领，但他仍撒了这个谎，心想自己一定能想出个法子来应付，船到桥头自然直嘛。他对于妻子的怒火已是那么的习以为常，以致他虽然明知道妻子发现这个谎言后会发怒，但对此他已经麻木了。最坏的结果，如果妻子发现后大为恼怒的话，他也只能以几句安慰的话搪塞过去。

“他打点了简单的行李后，就离家了。

“很快，一个月就到了。他的妻子如期去工厂找经理领丈夫的薪水。她耐心地站在工人队伍中排着队，心里说不出有多欢喜。她想：等了足足一个月，终于可以看到丈夫在外奔波了那么久的成果了。

“‘下一位！’

“他的妻子上前，报出了丈夫的姓名。

“‘唔，我的薪资表上没有这个名字，’经理说，他似乎还有些抱歉，反复查看了薪资单好几回，‘我

也不清楚，说不定是有什么误会——’

“幸好这经理没往下说，他话只说到这分上，就已经阻止不住她霹雳而来的骂声了：

“‘好啊你！是你偷走了我丈夫的辛苦钱！这是他这个月来天天在外面出差赚来的钱！他走之前跟我说好的！他说我来收钱就好了，怎么，要我闭嘴？我才不闭嘴呢！’

“此时，公司的老板（也即故事开始时去世的富翁）坐在自己办公室里听到了楼下传来的吵嚷声，他停下手头上的工作，把正在和那妻子理论的经理叫了过来。

“‘她说的都是事实，对不起，是我疏漏了，’公司老板对手下的经理说，‘我当时忘记告诉你我新招聘来的人，你赶快把名字记下来，并记得之后每月发工资的时候通知她来取。噢，还有，记得跟她说声抱歉，让她理解我们这次的疏漏和误会。’

“经理忙又赶下楼，发给她钱，还向她代公司老板道了歉。从那以后，每月的这个时候，妻子都会准时出现在工厂排队领工资的队伍中，等待领取她丈夫的‘薪资’。她对丈夫临走之前撒下的谎言毫不知情，更不晓得有一位素未谋面的有钱人正悄悄地资助着他们家。

“与此同时，她那个起先从不走运的丈夫现在离开了家的束缚，在外终于可以毫无顾忌、毫无牵挂地我行我素，任意投资生意了。事情也奇了，他的运气竟然好转起来，在轮番几次生意的竞标中，都获得了大单，赚得盆满钵满。一转眼大半年就过去了，眼看就快到逾越节了，他想不如收拾收拾，回家过节。他一路马不停蹄回到家，站到家门边又不禁有些紧张，心想一会儿妻子定会狠狠数落自己一番。算了，只要自己向妻子交出近来赚来的钱，想必一场战争也可以避免。

“他万万没有料到，迎接自己的妻子态度温暖热情，脾气好像也较往日平和了许多。他一下子神经都放松了，对着满足的妻子心情也变得明朗起来。他小心翼翼地提起自己‘工作’的事情，却从妻子口中听说了一番全然不同的故事。第一次妻子去工厂‘领工资’时，她说，工厂里的那个经理还想赖掉工资。她说，要不是她声嘶力竭地争取，工厂老板才不会道歉认错，不会承认是他们的过失，更不会像现在这样，月月准时发工资呢！

“她丈夫听完后，对工厂主的宽宏大量和慷慨无私敬佩不已。他从妻子那里拿回了她从工厂那儿领来的所有数额（毕竟，他现在富裕了，拿出这笔钱也绰绰有余），来到工厂老板处，预备把钱悉数还给他。两人之间的对话非常短，因为工厂主说当时愿意每月拿出这笔钱是心甘情愿、真诚所为，现在不必再归还了。”

“最终，两人一同来到我这里商量个折中的办法，”拉比总结道，“于是那时我才知道这位富商做的善事，以及他的善心。”

“第二个故事呢，”伊扎克继续道，“是一个小商贩来布尔迪契夫镇路上发生的。他口袋里面装了点小额现钞，其中大部分还不是自己的钱，是向人借来的。他的家乡是个更小的村庄，没有布尔迪契夫那么多市集可以采购货物，因此他来这边一趟，想采购些货品。

“刚到布尔迪契夫镇，他无意间拍拍身上的口袋，这一摸，他整个人都冻僵了。天哪！不可能的，这绝对不可能的！他口袋里空空如也，带来的钱都没了。这下他该怎么办才好？这个小商贩傻愣愣地呆站在那里，被突如其来的状况惊吓住了。终于，他忍不住站在路中央哭泣起来。他越哭越伤心，越哭越念叨起自己的命运坎坷。

“路边一些有同情心的人见状都纷纷围到他身边安慰他，他一遍又一遍地向路人重复着自己的遭遇。正巧在路上散步的一个富人（也即故事开头去世的富翁）目睹了街上这一幕，他站在人群后边听完小商贩的哭诉后，挤到人群前排，问那个神情绝望的商贩：

“‘你能告诉我你丢失的欠款数额吗？那些是纸钞还是硬币？因为，就在一小时之前，我捡到了一笔钱，当时没找到失主，我就先带回家代为保管了。如果是你的钱，我就回去拿给你。’

“小商贩被这天上掉下来的馅饼给砸傻了，他二话不说，忙报了一个巨额数字。

“‘没错，那也许正是你的钱。你在这里等我，我现在就回家点下是不是这个数额。’富人一边说，一边推开人群，向家里奔去。到了家后，他打开自己的保险柜，点出刚才小商贩报的那个数额的钱，把它们塞进口袋。你一定能想象得出，当商贩看到‘自己的钱’被放到手上时，脸上是如何地容光焕发，他不停地给那位富人祈福，祝福，说了许多赞美之词。

“在人群中旁观这一切发生的，竟还有从小商贩身上偷走钱的那个小偷。当他看到富人把钱‘还’到商贩手上的那一刻，他真是不敢相信自己的双眼。富人的慈悲和善心对他的震动如此之大，他开始后悔自己的行为。现在口袋里的钱像火炭一样灼烧着他，他疾步走向那个富人，请求他收下自己口袋里的钱。

“没有想到，富人竟然拒绝了。他说，刚才的钱已经给出，他本就怀着当是做慈善的心态，现在就不必再收回一笔钱了。这个小偷倒是下定了悔改的心，执意要富人收下这笔钱。两个人争执不下，最终决定来找我帮忙调解这件事。于是，我又一次见到了那位富翁，这次他是和一个小偷一同来的，希望能处理好这桩事。

“今天我和你们所说的，只是这位先生生前的两个故事而已，但你们想必已经能看到他卓越的善心善举，”伊扎克说着，眼里闪着亮晶晶的光，“你们现在应该也能理解我为什么一定要出席他的葬礼了吧！”

智慧领悟

有钱人能够不为自己的财富所累的实在不多，所以故事中的这个富翁才显得如此难得。大多数人可能以为，有钱人会拥有更多的自由，但事实可能正好相反，更多的钱会吸引他们把更多的目光聚焦在财富上，而不是去关注他人的需要。只有极少数人才会摆脱财富本身对他们的辖制，成为金钱的主人，用金钱去帮助那些有需要的人。关于这个富翁的两个故事都很耐人寻味，因为主人公不但慷慨解囊，还甘愿低调，更不求回报。更难得的是，金钱没有使他变得傲慢，他依然很尊重那些穷人的尊严，甚至情愿承受不白之冤。相信那些受了他恩惠的人，会像那个小偷一样被这样的慈悲和善心深深打动。金钱不但没有使他迷失，反而使他成了一个更自由、更有影响力的人。今天，我们每个人都希望得到更多的财富，那不如先问问自己，我们是否有驾驭好这些财富，并使用它们去影响更多人脱困和向善的能力和品性呢？

09 贵族脚下的狗骨头

约瑟夫·伊扎克·史尼尔森曾说：

1890年的逾越节，距我十岁生日还有几个月的时间，我已收到生日的贺礼——一套崭新的定制服装，还有一双漂亮的新鞋。

在我家乡，逾越节是一件大事。节日前夕的准备总是悉心周全，事无巨细。通常节日前的一天，全家人对照着一整套严格的计划，施行节日前的“大扫除”：首先，家里每一个犄角旮旯都被仔细翻找过，任何带酵母的东西都被扔进垃圾桶。后院儿，鸡笼子，马厩，没一个地方能逃过这场“劫难”。其次，家中的管家曼德尔会在当晚重新检查一遍，以免有疏漏；这还不够，第二天清晨，曼德尔会第三次复查，将家里上上下下再翻个遍，把漏网的酵母给找出来。随后，我们会烧了那些带酵母的东西。这才算是第一步结束。然后，我们会去浸礼池洗浴，深深埋进池子里洗浴好一会儿。之后，我们一个个为节日而盛装，并烘烤节日里特殊的无酵饼。终于，节日在即，大伙儿各司其职，做最后一些准备。

在所有零碎的最后准备中，我被分配到了这项任务：撕掉所有酒瓶上的封条，并把酒塞半拧开准备就绪。这任务的后半部分是有难度的：因为要遵从习俗，不得让开瓶器的金属部分碰到酒瓶中的美酒。

家里的葡萄酒放在父亲的书房中。那年，我就在父亲的房间里忙着专注于手上的任务。我十分小心翼翼，生怕弄脏了身上的新衣服，最重要的是，可不能弄脏了我闪闪发亮的新鞋！

我的父亲在一旁注意到了我的心理活动，真是一眼将我看穿。他对我说："有位名叫扎尔曼的大学者曾经作过这样的比喻——一位贵族坐在一张摆满了山珍海味的餐桌前，而桌子底下呢，躺着一条狗，那狗正在啃着一根骨头。你能想象这贵族会钻到桌子底下，同那条狗一起啃那根好吃的骨头吗？"

父亲的话深深地刻在我的心里，我羞愧地再也不好意思查看身上的新衣服。

“父亲那时对我的教育，是真正的教育。”约瑟夫·伊扎克总结道。

智慧领悟

在做一些很重要的事情时，我们有的时候会迷失自己，忘记自己的初衷是什么，却在关注一些无关紧要的细节。正如故事中的这个孩子，他因为过于关注自己的新衣服新鞋子，而忽视了他正身处一个对于犹太人来说极度隆重而神圣的节日之中。新衣服新鞋子固然是漂亮的，但若一个人仅仅在意自己的服饰，那么他必然会遗漏掉对于一个人来说更重要的精神世界。就好像主人公的父亲给他讲的比喻一般，只有狗才会单单关注骨头，而看不见摆着山珍海味的桌子。我们的精神世界是否丰富，会决定我们对物质世界的迷恋程度，也会影响我们做事情的态度和看待事物的角度。

10 波拿巴与犹太弟子

维尔纽斯的扎尔曼有一位出名的弟子，名叫摩西·梅索斯，他是扎尔曼最年幼的学生。这位梅索斯后来又对他的爱徒艾斯尔说道：

“有一句道理虽然很简单,却真正救过我的命。”

原来，扎尔曼曾经在书里写道：“心受制于意，这乃是两者本质。”这句话，有时候被称作是犹太之道的奠基石，主宰了所有关于犹太人生活的态度准则。

梅索斯是一个才华异禀的奇人，精通德、俄、法文及波兰文。拿破仑对俄作战时，他曾是法军高层统帅的翻译官。扎尔曼曾鼓励他与法军军官交流联络，并支持他在统帅身边担任翻译。扎尔曼寄希望于梅索斯,盼望他能把自己所学传播给更多的人。用了不久的时间，梅索斯就深得高层统帅的信任与喜爱，成了他们内部圈子里的一员。

后来，机缘巧合，竟是梅索斯救了当时俄国的军队，才避免维尔纽斯遭受如同施维城一样的厄运。是他事先通知了俄国的军队统帅，而那些企图炸毁军火的法军则被当场捕获。

“当时，法军最高统战部正在会谈，”梅索斯回忆道，“他们正在热烈讨论今后战役中部队的战略和分配。地上铺着一张张战略地图，将领们比画着各条道路与行径，但是迟迟未达成意见上的一致。时间正在飞速流逝……明天，最迟后天，维尔纽斯周边的战役必须开始。

“他们的激烈讨论忽然被一记重重的推门声打断，候在门边上的侍卫很是警觉，立刻掏出了左轮手枪。房间里一阵紧张之极的骚动，大家还以为是敌军闯入了最高统战部……”

“没想到，竟是拿破仑本人站在了门边。他的脸很阴沉，怒火中烧。他冲进房间中间，大声咆哮道：‘战役都计划好了吗？通知各个部队的命令都下达了吗？’

“‘还有，这个站着的陌生人是谁?！’他指着我，大声问道。一瞬间，他已经走到了我的边上，‘你是俄国派来的间谍！’他一边怒吼，一边伸出一只手掌摁在我的胸前，似乎在测验一个被揭露的人扑通的心跳。

“就在那时，师父教我的那个简单的道理使我很快镇定下来。我的意识告诫自己的内心要平静，镇定，不要比平常跳得快一分一毫。我用一种异常平稳的语气说：‘陛下的统帅雇我为他们的翻译官，因为我在语言方面的知识能够对他们顺利执行任务起到很关键的作用……’”

（注释：扎尔曼是近代犹太文化领域一位重要的思想家，他在1745年出生于今白俄罗斯境内。1764年，他成了著名思想家多夫贝尔的弟子。他用了20年的时间写成一部犹太思想著作，本文提到的“心受制于意”便是他在这部书中表达的最根本的思想。他的书被认为是当时东欧犹太思想的“圣经”，成了往后七代犹太思想传人及其弟子们著作的奠基，以及谈吐辩论的核心。1812年12月，扎尔曼在逃离拿破仑军队的途中去世。

梅索斯原本是维尔纽斯城埃利亚胡的弟子，后来跟随扎尔曼。很长一段时间里，梅索斯都是维尔纽斯城犹太人社区的重要人物，后移居希伯伦，并于1849年逝世于圣地。）

智慧领悟

什么是“心受制于意”？简言之，就是我们的情绪是可以被我们的意志所控制的。我们各样的感受和感情并不是不应存在的，很多时候它们可以丰富我们的生活，也使我们更了解自己。但情绪不能成为我们的主人，它必须被人的意志所制服，才能真正与我们和谐相处。很多人的情绪问题，正是因为他们不相信意志可以控制情绪，也并没有努力去尝试。当情绪不受控制，肆意泛滥，它就成了我们的敌人，会在危急的时候出卖我们。如果主人公在敌人面前情绪失控，心跳过速，他就会被当场逮捕失去性命。但一个意志力强大的人，可以在关键时刻控制住自己的情绪，化险为夷。所以，真正伟大的人，并不是没有七情六欲，只是他们懂得如何把自己的情绪和情感控制在意志之下，而不是仅仅凭本能活着。

11 神奇的弟子

在路边的一家小旅馆中，十几个犹太商人围坐在篝火边一同取暖。这些商人中大部分是从很远的大城小镇赶到莱比锡的，有的是从俄国来，有的则从波兰来，目的都是参加一年一度的大型商业展会。很快，篝火边的谈话内容转向了他们各自神奇的老师，每个人都不遗余力地描绘自己老师的非凡能力。

一个接一个地，他们绘声绘色地讲述了自己老师超越凡间的神力。其中一个讲了这样一个故事：自己和妻子 15 年来想要孩子未果，后来得到了老师的祈福，果然一年之内，他俩就已抱得孩儿在怀中。另一位商人讲了自己老师如何平复了村里的反犹情绪，还及时阻止了一场血腥的反犹屠杀。第三位商人在篝火边忆起自己的老师如何用金玉良言和循循善诱，帮助自己任性叛逆的年幼儿子走上正轨。大家一人一个故事，很快几小时就过去了，听者说者都沉浸在他们神奇老师的故事中。

终于，轮到最后一位商人说了。整个聊天过程中他一语不发，只做听客。“你呢？你的老师是谁呢？”别的伙伴们问道，“你说说你老师的故事吧，我们也听听。”

他说：“我的老师是多夫贝尔。我做木材生意，今年，有人要将一片森林卖给我。当时他出的价格很高，但是呢，与之而来赚钱的机会更大——当时已有要大建道路的传言，因而会大大提升当地木材的需求以及利润。我生活中一旦有重要的抉择，总是会和我的老师相谈。老师建议我买下森林。

“那次的买卖几乎毁了我整个职业生涯。道路建造的工程最终没有实现，我的森林成了变不了现的廉价资产。我不但在那次交易中倾家荡产，还从此欠下了巨额债款。”

篝火边忽然一阵沉寂。终于有人打破了尴尬，问道：“然后呢？然后发生了什么？”

“然后什么事也没发生，”他接着说道，“如今我仍然每天都在努力挣扎，赚钱养家，早日还清欠款。”

“那你说的故事神奇在哪儿？”他们异口同声地问道。

“神奇就神奇在我与我老师之间的关系。我们之间的关系与任何奇迹的故事，或是神力般的转机都无关，我生活中大的抉择还是请教我的老师，他仍是我生活的指明灯。神奇的地方就是我依旧是老师的弟子。”

智慧领悟

一个人为什么会追随老师呢？无疑是要有所收获。有人收获知识，有人逢凶化吉，还有人得偿所愿。这些好的结果都使人相信自己没有跟错人。但还有一种收获，就是通过这个老师，使我们自己成为一个怎样的人。从故事我们可以看出，主人公对于老师的尊敬和信任，是无条件的，不会因为事情的结果而改变。这样的尊敬和信任有什么好处呢？

那就是在他内心深处，永远有这样一盏不会熄灭的指路明灯。人心里只要有光亮，有指望，身体受再多苦都是可以承受的。但如果反过来，身体一切顺遂，但内心一片黑暗，对任何人都不信任，那才是真正的痛苦。从主人公的描述来看，他并不是在盲目崇拜，反而很清楚听从老师的话不一定结果很好，连他自己都认为他还能继续相信老师是一件神奇的事。但他无疑是一个幸运的人，因为他可以不被事情的好坏所控制，始终在人生中保持信念，不会灰心。我们最终成为一个怎样的人，不是比财物的得失更加重要吗？

12 一封藏了十六年的信

三百多年前，有一位富商名叫阿维戈多尔。一次，他给了什姆托夫拉比一笔巨额的现款，让拉比代自己帮助有需求的人们。

什姆托夫接受了阿维戈多尔的诚意，并询问他想要什么样的福报作为回馈。毕竟，什姆托夫美名远扬，人人都知其神奇的力量，能唤来美好的赐福。

“不用！”阿维戈多尔语气坚硬而傲慢地答道，“我是个非常富有的人。我在各处都有豪宅，我家里佣人成群，堆砌着美酒珍馐，什么都不缺。我该有的都有！”

“那你可真是个幸运儿，”什姆托夫回应道，“也许，你想为你的家人们求一些祈福？”

“我的大家庭健康安乐，我对此已经很自豪。他们都很感激我，我没有可求了。”

“唔，那也许，你能帮我做一件事？”什姆托夫问道，“我要写一封信，是给波尔蒂的慈善机构主任的，你能给他捎去吗？”

“当然！”阿维戈多尔回答，“我就住在波尔蒂，这件事我帮定了！”

什姆托夫拿出笔和纸，写了一封信，装在信封中递给了阿维戈多尔。阿维戈多尔接过信，把它塞进外衣口袋里，便回家了。可是，他琐事缠身，刚到波尔蒂，就已经忙得把什姆托夫交代的事儿忘得一干二净。

斗转星移，刹那间十六年竟从指间划过。人说十年风水轮流转，当年富裕的阿维戈多尔，现今所有的资产不是被毁就是失去了。洪水冲走了他大片田地里的庄稼，大火吞噬了他买下的私有树林。一场接一场的天灾人祸，让他竟落得身无分文。

一群债主收了他的房子作为抵押，带走了他收藏的一件件宝贝。最终他竟沦落到要变卖自己的衣物来喂饱孩子们的地步。一天，他正拿着一件旧外衣准备去当了，在清理口袋时竟摸出一封信来——

那是十六年前什姆托夫递给自己的信！在那一瞬间，他脑海里闪过了当年自己拜访什姆托夫的情景，和那时自己目中无人的样子。他眼里瞬时噙满了泪水，决心完成十六年前答应什姆托夫的诺言，把信送给它的收信人。信封上，赫然写着信是写给一位叫作扎多克先生的，抬头是波尔蒂慈善委员会的主任。

阿维戈多尔冲上街头，正巧撞上他的一位朋友。他忙抓住朋友的手臂问道：“快告诉我，我怎么找到扎多克先生？”

“扎多克先生？你是说，那个慈善机构的扎多克先生？”

“没错，我必须现在就见到他！”阿维戈多尔坚定地答道。

“他恐怕在会堂里吧，”朋友答道，“我才从那儿回来。他可真是个走运的人呵。就在今天早上，他刚刚才被选中，升为慈善委员会的主任呢。”

“快告诉我，他是个怎样的人？”阿维戈多尔刨根问底。

他的朋友很是热情，开始滔滔不绝地说起扎多克的故事："他是在波尔蒂土生土长的，从小开始学做裁缝，但是呢，运气不怎么好，从未赚到过什么钱。他们一家人的生活也是勉强糊口而已，总是在贫困边缘挣扎。每次他都是坐在会堂的最后排，根本没有人会注意到他。他这人啊，虽然工作勤勤恳恳，却不见付出有所结果，一家人能吃上一整块面包都是件极大的喜事。

"但是，就在最近，这家伙的运气转好了。他朋友介绍他认识了当地的一个贵族，让扎多克给他家中所有的仆人们做制服。那贵族十分欣赏扎多克的工艺，在他的影响下，扎多克的生意才日渐起色。连军队都给他送去订单，要他做5 000套制服！他很快富有起来，并且在社区里受到别人的尊敬。可是他从没忘记曾经的贫穷，经常施舍给有需要的人，也在我们社区里很活跃。你瞧，就在今天早上，他全票当选为慈善委员会的主任了呢！"

听罢扎多克的故事，阿维戈多尔飞奔去会堂。

只见扎多克正在处理堆积如山的求助信。阿维戈多尔把手里的信递过去，他们一同读起这封什姆托夫在十六年前写下的信件：

亲爱的扎多克先生：

带来这封信的先生名叫阿维戈多尔。他曾经也是富甲一方，但现在经济上非常困难。他为自己的傲慢付出了代价。您在今晨刚当选为慈善委员会的主任，因此我恳求您帮助他，因为他有抚养一大家子的责任。相信我，他会再一次成功，并且这一次，他会更适于成功。如果您对我所说的抱有怀疑，那么，我且给您一个小小的信号：您的妻子临产，你们今天会收获一个男婴。

他俩还在埋头读信的当儿，门口冲进一个人，高声喊道："祝贺你啊，扎多克先生！您妻子刚生下一个儿子！"

多亏了什姆托夫，阿维戈多尔再一次变得富足起来。而这一次，他一直保持着谦卑，也真正受到了他人的尊崇。

智慧领悟

智慧人与愚拙人的区别之一，就是愚拙人只看眼前，而智慧人会考虑到将来的事情，并且为此做准备。另一个区别，就是愚拙人常心生自满，看不到自己的缺乏之处，或者将来缺乏的可能，而智慧人却了解人生的虚幻无定，因此常存谦卑。在这个故事里，伟大的先知在十六年以前，就已经提前预知了关于主人公的一切，并且为他策划好了得救之路。在犹太人的文化里，无定的钱财像生了翅膀的小鸟，随时会离开主人飞走，然而一个人高瞻远瞩的智慧却能随时帮他脱离危机。我们不需要追求可以具备像故事中的先知一般预测未来的能力，但我们却可以学习谦卑，明白自己所拥有的一切都是短暂的，这样的态度会帮助我们更容易获得他人的尊崇和帮助，也会让我们不管在人生的顺境还是逆境，都处之泰然，不觉惊奇。

13 转世重生的王子

在好几百年以前，什姆托夫这个名字在欧陆广为人知。人闻其名，知其好善乐施，愿为他人做常人不能之事。他的名字常与神话中的先知与先祖相提并论，可见其处处启迪，能演奇事。他也确实乐意为人解难，且不问有求之人的信仰来历，一视同仁。当然，如果对方是犹太弟子，什姆托夫更是竭尽全力。

已是深夜，一对绝望的中年夫妻找到什姆托夫，他们心灰意冷却又心急如焚：他们想要一个孩子。这么多年以来的婚姻，他们尝试了各种办法，日夜祈祷，与人为善，外加各类偏方奇药，可就是没有孩子。

什姆托夫闭上双眼，将头深深地埋进了手掌中，身子伏在桌上，似乎在让自己的意识飞升到灵域。

几分钟过后，他直起身子看着夫妻俩，悲伤地说：“我无能为力。你们继续祈祷，继续做好事吧。愿上苍有眼，能同情你们。我的能力，是帮不了你们了。”

那妻子一下子痛哭起来；她的丈夫则把头扭向一边，无声地抽泣，他的身子在轻轻地颤抖。

“不！不！”她撕心裂肺地哭喊道，“我不相信！我今天要是没有一个肯定的答复，我就不走了。我知道，如果您这样一个圣贤的人向上苍祈求的话，它是不会不答应您的。我真的想要一个自己的孩子！”她的哭声惨烈得能刺穿石墙，也刺痛了什姆托夫的心。

什姆托夫这才又深深地低下头，过了好久才抬头看着她说：“明年，你们将会有自己的孩子。”

这对夫妻无言了。丈夫浑身激动得抖颤着，他走过去亲吻什姆托夫的手，而他的妻子则感激地一再致谢，把世上所有美好的祝福都送给了什姆托夫。

在离开什姆托夫房间的路上，他俩仍在不停地鞠躬感谢，高兴的泪水伴着他俩对上苍的赞美一同泉涌而出。

似乎是极自然的事，两个月后，那妻子果真有了孩子。又过了九个多月，她生下了一个漂亮的男婴。

夫妻俩的快乐随着孩子的日日成长也愈来愈深厚。他俩的孩子是多么标致！瞧他灵动的眸子，好像自有世界在里头。而他的笑容，每一个笑都重新唤起温馨和欢乐。只不过是个一岁的孩子，可是已经能看出，他与别的小孩儿不同，有点儿特别的东西。瞧他已经学会走路和说话了呢！在孩子将近两岁时，夫妻俩就寻到了最好的老师，教孩子妥拉。他们打算找一个良日，一起带孩子去见什姆托夫，让他看看当年的祈福所结下的幸福硕果。

可是，在孩子两周岁生日的那天清晨，孩子再也没有醒来。

邻居们听到一声撕裂般的尖叫，相拥而来，但是，已经太迟了，这个神秘而来的男孩儿在这个早晨同样神秘而悲惨地离开了世界。

孩子的葬礼悲痛得足以让苍天落泪。在哀痛了好几周以后，夫妻俩决定一同去什姆托夫处，告诉他这个绝望的消息。没有想到的是，什姆托夫似乎已看平淡，对这对夫妻和去世的孩子都抱有常人难以达到的理解。

“你们的孩子，”他对心痛的夫妻说，“他是一个高尚的灵魂，他做出了巨大的牺牲，是为了拯救数千人的生命。他的灵魂需要你们短暂的世间付出来达到精神上的圆满。那天夜里，当你们来找到我的时候，我知道你们不会有孩子；但是，当我听到你们撕心裂肺般的哭声，看到你们无以复加的痛楚时，我知道，有个特殊的灵魂属于你们，他回到凡间的短暂时间里，他注定是你们的。我亲爱的朋友，坐下吧，让我来讲一个故事给你们听。”

几百年前，有一个国王，膝下无子。他权力无边，财富无敌，可唯独缺一个继承家业延续血脉的儿子。他下令，王国内每一个人每一天都必须在自己家中心意虔诚地祈祷，祝国王早日能得王子来传承血统。

国王的身边有一个颠倒黑白的奸臣，他为了能让国王对自己另眼相看，向国王暗示说他至今没有王子的原因是那些犹太子民根本没有诚心为国王祈祷。而唯一能让那些犹太人好好祈祷的方法——奸臣指示道——就是压制他们。

第二天，国王下达了一个告示：如果皇后在未来三个月中还是没有怀上王子的话，王国内所有的犹太子民都将被驱逐出国，一个都不留。这个王国周围的所有国家都排斥犹太人，根本不会允许他们在境内定居。这样一来，若是三个月后犹太人被勒令赶走的话，他们就真的是无处可逃、无家可归了。王国内的犹太会堂里瞬间布满了对未来的恐惧，以及一阵阵彷徨的祷告。

他们的祷告传到了天际，天上的灵魂愤之恨之，但又都不愿意为了拯救那块国土上的犹太人牺牲自己，去到凡间那个毫无人性的皇宫中。终于，有一个十分圣洁的灵魂愿意做出牺牲。

在那不久后，皇后有了孩子。又过了不久，她便诞下一名男婴。

国王简直是高兴坏了，他不但撤销了先前对犹太人下达的各种压制，还慷慨地大赏犹太人奇珍异宝与财富福利。

那王子长到了两岁，已经会读会写；到了五岁，已经比他的那些老师们厉害了。他掌握了所有老师教给他的东西，以至于国王不得不从很遥远的异国请来一位大师，担任神童王子的私人老师。

这位新教师可不是个凡俗之辈。他似乎拥有大海般无穷尽的智慧，并自带光辉，接近之人无不增添对知识的渴求。那年幼的小王子真是爱极了新老师，他日夜不离老师，对老师的眷恋比起对父亲的依赖更胜一筹。他一天中大部分的时间都交与了老师，甚至连夜间大部分时间他也喜欢同老师一起学习；他学得越多，就越对知识产生强烈的欲望。

可是，老师不同。他与国王有言在先，每天必须有两个小时的私人时间，能允许自己一个人待在房间中，任何人都不得打扰，连国王都不得剥夺这两小时的清净。当时他和国王约定，只有国王接受这个要求，他才愿意教王子。

但是，小王子好奇心很重。他不能接受自己心爱的老师每天有两小时都躲着自己，背着他做自己的事情。他必须知道老师的一切！

小王子在老师每天两小时闭关前偷偷地溜进他房间，躲在了角落里。老师如同往常一样踏入房间，锁上门，看了眼房间，没发现什么异样。于是，他便开始了每天奇怪的例行仪式。

首先，他清理了房间里的杂物；而后，他取出一大块洁白的羊毛披肩，那披肩的四个角上都坠有绳线，他将大披肩围在头部和身体上，像个婴孩般啼哭起来。

随后，他又取出两只黑颜色的小盒子，盒里装有黑色的细带。只见他先将一根细带缠绕在左臂上方，另一根缠绕在额头上方。准备完毕后，他开始祈祷，整个身子都随之前后摇晃。他又哭又歌，就这样持续了整整一个小时。最后，他又拿出一本希伯来语的书籍，用一种如咏歌般的声调诵读其中的篇章。歌咏的同时，身子也是前后不停摇摆。

就在这沉心念诵之间，他忽然停了下来，仔细聆听房间里的动静。这声响虽然细弱，但是绝不会骗人，没错，房间里竟有第二个人。老师被吓坏了，他从座椅上一跃而起，敏捷地将身上的细带一股脑儿地扯下，又将身上披着的白披肩脱下，连同细带一起塞进了一个抽屉里。他紧张地搜寻起房间，很快，他就发现了原来是自己年幼的学生躲在房间里。小王子一直在角落，如同着迷般，观察着老师所有的举动。

老师立刻请求小王子千万为自己保密，不要把今天看到的事情告诉任何人。他说，如果国王知道了自己每天在房间里做的事情，一定会将自己下令处死的。可越是这样，小王子越好奇了。他答应老师今日所见之事，他绝不告诉第三个人，但老师必须向自己解释刚才做的一切，以及老师为什么每天要这么做的缘由。

老师别无退路，只得耐心地和小王子解释说，自己祖先是个犹太人，他刚才所做的一切都是自己家族祖先千年沿袭的传统和习俗：祈祷，念诵，学习妥拉里的智慧，履行祖先定下的戒律。在当时的世界，压制犹太人不是什么新鲜的事，所以老师必须掩藏自己的出身，伪装自己的信仰，怕的就是被处死。

“那你必须教会我那些古老的智慧！”小王子坚持道，“我就知道你有事情隐瞒我。其实，你每回教我一样新知识，我总能感觉到你只是点到为止，只传授给了我皮毛。我能感觉到，在这些皮毛之下，有更多的东西，更深，更真，可是，你都瞒着不告诉我！”老师请求小王子不要任性执着了，弄不好他们两人都免不了一死。可是，小王子性情刚烈，根本不是老师劝得了的。“如果你不答应教我的话，”小王子用小孩子特有的脾气威胁道，“我就把今天所见所闻告诉我知道的所有人。”

老师终于服软了。

之后的好多年，他俩都一同学习妥拉。直到有一天，王子向老师提出，他也要成为犹太人。他想要接近老师信仰的欲望是如此强烈，以至于师生二人冒着生命危险向国王编造了一个故事，说两人需要一同去罗马深造学习。事实上，他俩一同逃到了一个遥远的国度，钻研犹太经学，有生之年再也没有回到过皇宫故土。

“那个小王子后来成了犹太教重要的圣贤和思想家，”什姆托夫在故事的最后说道，“他最终选择了一种平凡却又圣洁的生活，乐于善事。从这个凡间离世、去往天际的时候，他成为许多年来世间最高尚的灵魂。可是，那如星辰般的完美中有那么一丁点瑕疵：在他出生后的前两年间，由于被孕育和抚育在一个充满负面能量的宫廷之中，缺乏精神的滋养，其害处至今都留在这个高洁的灵魂中。唯一能够让这个灵魂获得完整潜力和高度的办法就是，让他再次重生于凡间，并在一个圣洁的家庭中，在正直的环境里，将那头两年重新来过。”

“那天夜里，当我看见你们对孩子纯洁深厚的渴求时，我知道你们正是这个灵魂的重生父母。”

智慧领悟

故事流传的意义，并不在于让我们相信真有祷告得子、投胎转世这样的事情，而在于通过这个故事，我们得以看到犹太人对于本民族文化的自豪，以及对于圣洁和智慧的渴慕。一个出生于异邦王宫的王子，情愿抛下高贵的身份和巨大的财富，也要追随出身卑微的老师学习犹太妥拉真理。宫中锦衣玉食的生活不但不令他留恋，他反而需要重新投胎于犹太家庭来更新，这不正说明犹太人何等看重内心对真理的追求，远胜过外在生活的富足吗？那一对夫妻对于孩子的诚心渴慕，不正与犹太人对于真理和智慧的渴慕异曲同工吗？在现代社会，物质生活对于我们的吸引力是巨大而如影随形的，但对物质的追求本身又成了许多人心头的捆绑和试探，使人苦不堪言又无力自拔。故事中这位老师及他的学生小王子对精神世界的深深渴慕，以及对自己信仰身份的认同，使他们得以脱离了肉身的束缚并最终有所成就，这样的生活选择是令人羡慕的。或许我们也需要在内心有高于物质和肉身世界的追求，才得以脱离捆绑，得到自由。

14 迎娶孤女

塔木德中的篇章有言：女子是一家的快乐安康之源，因此男子应敬重妻子在家中的地位。

曾经，有一对新婚宴尔的夫妻，婚后不久喜得一子。但是，他们的快乐很快就被忧愁替代——他们发现，自己的第一个孩子竟有先天疾病，一辈子都将走不了路。

他们跑遍了俄国的每一个大城小镇，拜访了找得到的每一个名医神医，都无济于事。哪怕是最负盛名的医师，都无奈地叹叹气，劝说夫妻俩不必再费力奔波。妻子不死心，他劝说丈夫一同去一个地方，向拉比请求祈福，也许还会有一线希望。他们两人婚后不久也一同去拜访过拉比，请求过祝福。但这回不一样了，丈夫怎么都听不进去。她丈夫不信这套东西，当初刚结婚，也是为了讨她欢心，才和她一起去看拉比的。现在不同，连神医都无能为力，他一个拉比能做什么？

就这样，一晃将近二十年过去了。

男孩儿从小娃娃长成了青年，也到了谈婚论嫁的年纪。过了这些年，丈夫对妻子的软磨硬泡也逐渐听进去了一些，也慢慢放下自己的成见。他终于同意与妻子一起去拜访拉比玛哈拉什了。不久，他俩出现在拉比的家中。

“你俩二十多年之前也来过，是吗？这些年来你们的生活如何？”拉比问。

这么多年没见，又忽然被拉比庄严的外表震慑到，他的舌头一下子像被打了结似的，一句话都没说，身子也像是被冻住了。

慢慢地，他恢复了现实感，解释起自己此次的来意，并请拉比帮助建议儿子人生的下一步应该如何走。

“你不知道该怎么做？我看，就帮他找一个失去了父母的女孩儿做伴侣吧。你需要准备丰厚的聘礼，并把你儿子身上那些性格的闪光点都一一告诉女孩儿。我相信，她一定会同意嫁给你家儿子的。”

玛哈拉什拉比又问了他们家儿子的名字。塞谬尔——拉比拿纸笔记录下来。

离开拉比家后，他立刻按照拉比所提示的去做。他穿过明斯克区域回家，一路上置办了给未来儿媳的聘礼。

正在回家的路上，他脑海中顿现出一个让他激动不已的想法。拉比不是建议让他们找一个失去了父母的女孩儿吗？拉比说这是拯救儿子的方法。他忽然想到，亲戚家就一直寄养着一个孤儿女孩儿，他脑海中回忆起这个女孩儿，她真是一个教养品德兼优的女孩儿！正是给儿子作为人生伴侣的不二人选啊！

他把一路上置办来的聘礼一一摆开在大桌上，并悉心将它们布置得格外漂亮精美。他先让女孩儿过目这些礼物，随后温和地询问她对塞谬尔的印象如何，是不是愿意嫁他为妻。女孩儿说她觉得塞谬尔的性格品质都是自己所倾慕的，非常高兴地答应了婚约。塞谬尔也对女孩儿赞赏有加，于是，家人很快定下了婚期。

大喜日子的前几日，家中上下仍在忙活着婚礼的准备。塞谬尔坐在家中，闻到从厨房里飘出的肉香，那是母亲在准备宴席的佳肴，他忍不住想要先尝一尝滋味。母亲给了他一片肉尝了尝味道，可刚吃完，忽然间脚底感到一阵刺痒的痛感，慢慢地，痛感逐渐变弱，他感觉能够移动自己的双腿了。一时间他心脏乱蹦，又是惊讶又是惶恐，忙让母亲再递一块肉给自己吃。

婚礼上，塞谬尔自己一路走到彩篷下（犹太婚礼中的仪式是在彩棚下进行，意喻着新家，也表示不忘祖先的漂泊苦难），虽然两边都有人悉心搀扶着，但他几乎已经能独立行走了！从彩棚中走出的那段路，他不用别人搀扶也能顺利行走，但为了不吸引邪恶之力的额外注意，他仍然被搀扶着从彩棚中走出。

他找到了自己的灵魂伴侣，不消说，没过多少时日，他的残疾就痊愈了。

智慧领悟

今天，很多人在寻找自己的终身伴侣时都饱受打击，以致拖到很晚还没有结婚。这其中固然有缘分和运气的因素，但也不可否认，很多人是因为在这件事上太看重一些具体的条件（比如身高、相貌和财富等）而错过了姻缘。就比如故事中这个有先天疾病的男孩儿，按照大部分人的标准，恐怕是不会有人看上他的。而那位自幼父母双亡的孤女，条件也说不上多好。但令人惊讶的是，双方在考虑结婚伴侣的时候，都没有优先考虑这些外在条件，而都在考量对方的品格。结果他们这样的选择带来了一个意想不到的好结局——当这个男孩儿遇到对的伴侣的时候，他的人生就完整了，他也获得了行走的能力。而那个可怜的孤女，也从此有了一个新家，她的人生也完整了。

婚姻的意义，乃是找到一个对的人，使彼此

的人生变得更加完整。好的婚姻对人的塑造和成全是不言而喻的。与此相比，外在的条件也就没有那么重要了。

15 摊牌

很久以前，在今天的乌克兰，有一个叫乌什米尔的地方，许多人的生活都因为一个有权势的财主而变得困苦不堪。那个财主心怀敌意，没有任何一个人的努力工作能换来他的点头与认可，似乎他整日整夜地都在盘算如何挑别人的刺。每逮着一个机会，他就找各种可笑又不齿的理由降低他们的薪水。

财主尤其憎恶犹太人。当时反犹情绪十分浓重，可谁也料想不到，财主自己其实也是个犹太人。城里别的犹太人对他很不了解，更不清楚他的身世与过去。但是，当下的情形是很明显的：他是犹太人只不过是一件自己无法选择的不幸之事，出生如此，无法消除，但即便是这样，他都痛恨这个不幸。

就在犹太新年来临之际，城里来了一位访问的大学者摩尔迪哈伊。这位学者多年以来习惯在新年之前的一个月游历各个城市，利用节日里欣欣向荣的精神气儿来唤起人们改过从新的意愿。这样，在新年过后的审判中，人们就能以新的面貌重新接近神灵。今年，他计划在乌什米尔过一个周末，并在主会堂里安排一场演讲。

人们听闻摩尔迪哈伊在城里的消息后，纷纷从四面八方赶来，周围城镇久仰他大名的人们也专程来到乌什米尔。大家翘首期盼的周末比预期得更加难忘，既鼓舞人心，又充盈了精神世界。在演讲的最后，安排了祈祷的仪式，人们有序地排队，与摩尔迪哈伊话别，并接受他的祝福。

在此之前，乌什米尔曾经受到那个财主不公正待遇的人们就私下悄悄约定，每一个人在话别时都向摩尔迪哈伊提起那个欺负他们的人。摩尔迪哈伊耐心地听完每一个人的倾诉，而诉说的人也能够感受到他真挚的同情和深切的悲痛。尤其是当他听说原来这个欺人太甚的财主自己也是犹太人，却还在压迫犹太人的时候，他的悲痛更是深沉。

每个向他倾诉的人都得到了一模一样的回答：“耐心地等待明天吧，我们一同看看能做些什么。”

第二天，清晨的祷告一过，摩尔迪哈伊就和侍从们说立刻打包出发。可是，令人惊讶的是，他并没有让他们按照原本计划的路线走，而是指了另外一条路。一些跟着摩尔迪哈伊的弟子们也都很惊讶，急急忙忙地打点行李，跟着他一块儿上路了。

很快，一条车马长龙行驶在了泥泞的道路上，摩尔迪哈伊的马车走在最前头带路。到了一个地方，他立刻询问周边的人那个财主家在何处。

正当一群人离财主富丽堂皇的家越来越近的时候，那些陪着摩尔迪哈伊的人，包括边上知晓情况的人们都难耐焦急，等着看摩尔迪哈伊如何对付这个坏人。镇上看热闹围观的人们，受尽财主欺侮的人们，恨不得让摩尔迪哈伊一眼看穿他们生活悲苦的源头，将这个财主变成一堆灰烬！

与此同时，财主正丝毫不为所动地站在宽敞的阳台上，手里拿着一管烟，一副十分惬意的样子。

他抽烟的姿态与神情更证明了人们的所言不假，但当他们更靠近看时，竟发现连他的脸上都写着几分疑惑，仿佛在说：这么一大群人在我家宅邸门口做什么呢？

摩尔迪哈伊让马车夫将车行驶到财主家门口。车停下后，只见后边跟着的一长龙车马也纷纷停靠在路边。摩尔迪哈伊从马车里抬起双眼，先是打量了一番财主漂亮豪华的房子，然后目光直视站在阳台上的财主本人。那财主也是惊呆了，目光直直地回看。就这样，摩尔迪哈伊也不回避目光，两个人在那里直视了有漫长的好几分钟。

忽然，摩尔迪哈伊从马车上走下来，径直走到大房子的门边。而此时，财主也从阳台上消失走进屋了。过了半晌，房子的大门从里边打开。所有旁观的人紧张兴奋极了，不知接下来会发生怎样的对峙。

摩尔迪哈伊带着一个侍从一起走进了屋子里。过了没几分钟，他们就从屋子里面走了出来，重新坐上马车。车夫勒紧马鞭，往与来时相反的方向奔去了。

后来，镇上的人们才从侍从那儿打听到先前屋子里所发生的事。他们震惊地得知：从财主打开家门的一刹那起，直到摩尔迪哈伊带着侍从离开他家，整个过程没人说过半个字！

原来，财主在开门时，朝他们点了点头，示意他们可以进屋。随后，他又挥了挥手，示意摩尔迪哈伊可以坐在一张已准备好的椅子上，而他自己则坐在了对面的一张椅子上。

就这样，摩尔迪哈伊双手放在他们中间的桌上，背脊很直地坐着，双目有神而紧紧地看着财主。而财主呢，双眼愤愤而质疑地看着摩尔迪哈伊。

他俩就这样面对面坐着，丝毫不动。财主的眼神起先如石头般坚硬固执，后来渐渐柔和下来。而摩尔迪哈伊的注视虽然平和，但却愈加炯炯，他清澈的双眸似乎变得有些严厉起来。

忽然间，侍从竟看到财主的眼睛变得湿润起来。一颗巨大的泪珠在他的眼角聚成，然后缓缓地沿着面颊流了下来。那时，摩尔迪哈伊从椅子上站起来走向门口，两人还是只字未言。那财主像是受了重大打击般浑身僵着，呈半瘫模样；他连送客人出门的力气也提不起来。

那一天剩下的时间，摩尔迪哈伊仍然留在镇上。所有之前几天没有机会来接受他祝福的人们今天都来了。至傍晚时分，排队的身影渐渐褪去，终于在夜晚之际，摩尔迪哈伊送走了所有来客，静静地在房间里预备歇息。

此时，屋子外走近一个沉默的、悄然的身影，他怯意的敲门声打破了刚沉寂下来的黄昏。竟是那个人人痛恨的财主。他的双眼里写满了恐惧，他匆匆而入的仓促仿佛是在逃避别人的追赶。他和摩尔迪哈伊两人单独进入了一个房间，在里面足足待了有两个钟头之久。

这年的犹太新年，会堂里出现了一张陌生无比的脸孔。你猜对了，正是那个财主。整整两天的审判祈祷，他竟寸步未挪。

他的头上披着一块头巾，几乎所有时间都站立着，完成了新年的祈祷。他满眼是泪，那个与自己社会团体分离孤立的人，从那一天起终于认清了过去的过失，从此对自己的兄弟姐妹们表现出善意与友好。

智慧领悟

在任何一个群体中，都存在着为多数人所厌恶的人。他们被人厌恶的原因各种各样，但大多数时候，他们被孤立都不能说是全然无辜的。故事中的这个财主就更是如此，他对待同胞的所作所为，实在是令人反感。我们应当如何对待这样的人呢？很多人或许觉得最好重重地惩罚他，或者干脆让他消失就好了。但是，智者的做法与众人都不同，他要给这个人一次改过自新的机会。事实上，很多恶人在内心深处都不是不知道自己的所作所为是错的，他们需要的是温和而坚定的教导。智者甚至没有说过一句话，财主就已经知道了自己的问题，因为他的良心被唤醒了。当他重新回到人群中间参加祈祷和忏悔的时候，犹太人中又多了一个兄弟。以德报怨固然是不符合人性的，但以仇报怨也并不是最好的办法，因为那可能招来更大的报复。真正有智慧的选择，是用温柔的心，把那陷在罪恶中的人劝回来，尤其当这个人是我们的同胞或兄弟的时候。

16 男孩儿与小牛

在小约瑟夫·伊扎克 11 岁那年，他开始养成记日记的习惯。每天，他总会伏在桌上认真地记录当天的所见所感，对他来说，这是他整个人生的笔记，常常伏案数个小时而不知疲倦。他不光记录下自己亲身经历的事，还写下当时生活在白俄小镇所听到的许多故事。他父亲曾是当地犹太人社区的导师，身边自然不少追随者、学生，以及其他重要的学者名流。小约瑟夫在幼时的生活中听到大人们的交谈，记录下这些点滴。以下便是他在 12 岁那年日记的摘选，记录的是前一年所发生的一件事情。

在父亲的建议和帮助下，我把我的小金库里所有的钱全都拿出来做一个零利息的基金。当时我的金库中一共是 30 卢布，全都是父亲奖励我背诵犹太法典塔木德中的篇章所赚得。父亲说，我可以利用这些钱，去帮助市集上做小生意的人们。比如，将30卢布分成三卢布、五卢布，分散地借给那些摆摊的小商贩们，并且不收取他们利息。镇上这些小商贩非常多，有卖胡椒的、兽皮的，有卖鸡肉的、鸡蛋的，还有卖洋葱的、甜菜根的，不胜枚举。

我在老师尼桑的帮助下，开始记账。一般在市集开始前的几天，以及市集结束后的几天，都是我的工作日。我分别在这些日子里贷出钱以及收回钱。

在那些经常光顾我的基金的“常客”们中，有一位是市集里卖肉的大卫。大家都称他为“屠夫大卫”。大卫是一个五十来岁的大汉，一家有八口人，他是一家之主。他是一个叫人有些害怕的人，没有钱，也不怕任何人，靠自己的双手挣钱养家。这世上没有什么工作环境能让他退缩——不管是夏日正午烈日的暴晒，还是寒冬的凛冽暴雪，或是雨季令人心烦的一场场雨——只要能用汗水换来几个钱，没有什么是忍受不了的。我也从没听他抱怨半句生活的艰难和贫困。

我还发现“屠夫大卫”是个颇为简单的人：如

果他在小时候认认真真上了学校，学了各种典籍，想必现在也是全忘光了的。除了一年中重要节日里的祷告词，除了逾越节的故事与诗歌，他平日里并不能出口成章。但是，他是个完全的人，一个诚实的人，况且镇上会堂里每天清晨的第一批祈祷者中，总有他的身影。他总在破晓时分就出现，哪怕是需要远行到别的镇去工作的日子，也不例外。

有时，我喜欢悄悄地观察他。我喜欢在安息日或者节日前夕的下午见到大卫从浸礼池回家，这些瞬间于我真是珍贵。他总是容光焕发，白色衬衫的一角总是随意地露在外面，他的四个儿子会高兴地围着他转个不停。经常见他一路哼哼唱唱，携着四个儿子，一起走到镇上的大会堂参加安息日的祷告。他们有说有笑，好不快乐。

有段时间，我的父母亲都不在镇上。我被送到外祖母丽芙卡家中。那时，我在耶沙雅胡·卡兹耶老师家中上学，老师的家在石勒维路上。

也差不多是在那个时候，当地的警察局开始加大力度管制并打压市集，原本是五个警察在市集日巡逻的，现在增加到了十个，以维护市集秩序。

后来的一天发生了这么一件事——

1891 年夏末秋初的一天下午两点钟左右，那天正是个市集日，我和我的同学石蒙一同从老师家中走出来去吃午饭。路上满是前来参加市集的人，挤得水泄不通。市场中央的广场也都是人，我们路过的石勒维路，到处是人、车、马和各类商贩。

路上，我们撞见了“屠夫大卫”，只见他肩上扛着一头小牛，臂弯里抱着一头小羊，胸前还挂着一篮子的鸡。大卫在人群中看到我，黝黑的脸上忽然亮起光彩。他的脸色是那样黝黑，以至于一开口说话便让人注意到他白得发亮的牙齿。他说：“我希望老天给我今天一天的好生意！”

他话才说了一半，一个警察突然从他身边窜出来，给了他脸正中一拳，大卫的鼻子当时就血流不止。我在边上忍无可忍，对着那个警察大喊：“你个没用的醉鬼！你真是猪狗不如！”我上前用手臂弯对着警察一阵打。

那个打大卫的警察诬陷我，称我强行撕去了他胸前戴着的黄铜佩章，阻拦他例行办事，让他的一个帮手立刻把我送到警察局。我还没有机会说一个词，就被身旁一个半醉不醒的人重重地牵着脖子拖走了。那人的手又粗糙又有力，几乎是扯着我衣服把我带走的。

那时候市场里的混乱已经到达了巅峰，那警察抓着我艰难地在人群、畜群、车马中穿梭。市集里人推搡着人，还夹杂着各种各样的牲畜和吆喝声。在那样的环境下，根本没有人注意到我的处境，也压根不晓得发生了什么事。

我被拖着穿过了中央的广场，走过了哈赫卢卡大街，到了镇上警察局外的大院。大院的守卫迎面打开大门，押送我的那个警察一把把我扔过去，并对值班的警察说，我是因为哪些哪些罪行被抓的。

值班的警察扔给我一个恶狠狠的眼神，像看最肮脏的垃圾般瞪着我，往我一边脸上重重扇了一巴掌，然后提着我的耳朵，把我拖进了地下室的一间监狱里。那个屋子暗无天日，他把我甩进去后，把门沉沉地锁上了。

天哪，我对自己惊呼。忽然之间，一阵恐惧从身体里穿过，我心里一沉。肚子也饿得咕咕直叫。过了片刻，我又恍惚间释然了——我的祖先们难道就没有在牢狱中待过吗？我不过正和祖先们一样，被关在牢中而已！我告诉自己，这个时候，必须在心里默诵妥拉。妥拉中的密释纳、种子书和节日书，我都烂熟于心，想到这，我便在心里默诵起这些篇章来。

忽然，我听见一阵阵可怕的呻吟声，那声音拖得很长，让我忍不住胡思乱想，一阵寒栗，身子都不自觉地颤抖。我稳住自己，只专注于念诵篇章里的字词，不去想别的任何事情。终于，角落里传来的呻吟声和阵阵的鞭打声不再困扰我，我集中所有心智，一心一意地念诵密释纳书。

直至今日，那天在牢狱之中默诵密释纳书的情境，以及当时脑海中的思绪，都清晰如昨，栩栩如生。

那地下室里阴暗无光，因此我对时间完全失去了概念。估算着应该已经到了下午的时间，我忙开始念下午的祷告词。下午的祷告词一共有三四段，我念了第一段之后，又念诵了十八条祈福的祷告；随之我犹豫了：接下来应该念诵赞美上帝的部分，还是念诵我的自白呢？一般在极度的悲观处境下，是念诵赞美祈福的；而若是有事情需要坦诚悔改，则是念诵自白的祷告。我思忖之后，决定这两者我都不念。这两个篇章之前的那个篇章，通常在节日里才省略不念的，我却也不打算念诵。我心中的释然仿佛给了我一种节日般的轻快，让我深感能体验先父之体验，实乃另一种节日。于是，我怀着愉悦的心情，郑重其事地念完了前两篇章后，便将后面的篇章省略了，就像节日里那样。我想，我终于对这些祈祷词有了新的认识和理解，也因而更为投入和专注。

念完了下午的祷告词之后，我又继续在心中默诵密释纳种子书的内容。此时又开始听见角落里传来可怕的呻吟声和抽打声，伴着扭打挣扎的声音，让我又是不寒而栗。我的两腿膝盖开始瑟瑟发抖，忽然之间想起石蒙的那盒火柴还在我身上。他在市集里买了一盒新火柴给他的哥哥利夫，先拿给我看，后来市集发生喧嚣动乱后，竟忘了还给他，还留在我的口袋里。我点燃了一根火柴，在荧荧的火苗中看到一头小牛，嘴被封了，无助地躺在角落里。不知怎的，我的心在那一刻平静下来。

我在心中默诵完了种子书，又开始默诵节日书。还没念到中间部分，就听见脚步声越来越近，好像朝我的方向走来。屋子的门被打开了，原来是先前那个值班的警察。

“请你原谅我，”他说，“我不知道原来你是拉扎的侄子。”（镇上所有人都叫我叔叔拉扎，他的原名是扎尔曼·艾哈龙，拉扎是他们对他亲昵的称呼。）“警官这就来，真是对不住你了，他这就放了你……对了，请你可怜我，千万别告诉他们说我刚才打了你的脸，还扯了你的耳朵。我不是有意的，只是，只是个坏习惯。哦对了，我看到你鼻子没出血，牙齿也没少一个，应该没什么大碍吧……？”

我被带到了警官的办公室。我看到“屠夫大卫”已经在里面站着了，他身上青一块紫一块，边上站着那个在市集上打他的警察，旁边还站着两名证人。

一个是卖铁皮货的阿尤，另一个是马车夫阿戌。

那警察官在解释为什么打大卫。他说，大卫背着的那头小牛，其实是另一个屠夫梅厄从自己哥哥那儿买来的，大卫从梅厄那儿偷来了小牛。他十分气愤，说正是因为这样，他才打了大卫。说着，他又指向了我：“还有这边的这个小子，撕我的佩章，这不是侮辱我是什么？！”

两名目击证人都说自己看见小牛是大卫买来的，不是偷来的。

他们还在争辩的时候，摩尔迪哈伊从门外走进来。他是我叔叔拉扎的管家，只见他向警官递了一张纸条。警官读了纸条上写的内容，对摩尔迪哈伊说：“没问题，你现在就可以带走他。都是一场误会而已。”

警察局外，我的朋友们都来了。家里虽然专门让人安排了马车让我坐车回家，但我选择和朋友们一路走着回家。在路上，我把所经历的一切一五一十地描述给他们听。

摩尔迪哈伊也在边上听我说完了整个故事，包括我在监狱里的所见——石蒙的火柴，以及我在火光中看见的小牛。他二话不说，就往警察局的方向奔回去，说是要找梅厄。到了警长办公室，他发现他们仍在为屠夫大卫的案子争论不休。摩尔迪哈伊对警长说："我听说在地下室的监狱里，有一只被绑着的小牛，它的嘴巴还被封着。"

那警长，原本计划着当天和老友聚会打牌的，哪知道会遇上这档子事，所以心情本来就很烦躁。他听罢立刻站起身来，说马上要查。大伙儿跟着他一起跑到了地下室的监狱，梅厄、大卫、目击证人、警察们、狱卒们，一个个都跟在他身后。你可以想象出他们面上的惊异之色吗？他们竟然真的在地下室里发现了那头小牛，那头梅厄称他从打了大卫的警察的哥哥手中买走的小牛。

经过一番详细的、彻底的调查，警长终于找到了事实的真相。原来，那个打了大卫的警察，和他的哥哥一起，串通将小牛卖给了梅厄，并盘算再从梅厄手中将小牛偷回去。

真相大白后，那个被揭穿了的警察被警长拘留了一周，随后又被带上法庭公审。在公审的过程中，他的另一些勾当也被揭露出来。不用说，他自然丢了饭碗。

我的一位朋友后来告诉我，那个急着和他老友打牌的警长，终于在漫长焦灼的五个小时之后，手里摸上了牌。他，阿兹米多福，和叶尔马科夫博士一起，在博士家中打牌欢聚。

父亲终于从他的旅途中归来。我的叔叔拉扎将“屠夫大卫”一事的来龙去脉都告诉了父亲，并在父亲面前夸赞了我的勇敢。他说，多亏了我，大卫的无辜以及警察的罪行才会被调查清楚；也多亏了我，最终梅厄和大卫也都了解了真相，小牛重新回到梅厄手里。

父亲对我说：“保护一个老实人的尊严，你干得不错！为此，你受了些委屈，但又何妨？”

“现在，我想你应该更加明白，”父亲继续道，“熟读密释纳是多么重要吧。假使你没有密释纳的知识，也不会在心里默诵任何篇章，那么同样躺在监狱里的那头牛，你和它又有什么区别呢？但是，你懂密释纳，你会念诵诗篇，你能在那阴暗的监狱里头祈祷，如此黑暗的囚禁你都能在金句中度过，这正是人畜之别呐。”

父亲的话在我心中、脑中都深深留下印记。他教我去爱护、去尊敬每一个诚实的人，不管他们是文盲还是学者。他教我去保护每一个诚实的人的自尊，哪怕这意味着自己有危险。他还教我，要更加勤奋地背诵诗篇经典，这样如果今后再有任何不测，我也不至于无助至浪费光阴，至少我还能学习。

此事过后，父亲给了我十个卢布作为奖励。他说，这下我的基金规模又增长了呢。

智慧领悟

作为一个12岁的孩子，主人公的经历不可谓不丰富，他的思考和领悟也不可谓不深刻。但更重要的，是他的父亲抓住机会对他的启发和鼓励——在任何时候，都要维护公义，尊重他人，并且把书本中的智慧话语深藏于心。这些教导看似非常朴素简单，但细思却是字字珠玑。我们都希望自己一生平顺，有孩子的人也希望尽量保护孩子不经历任何坎坷，但事实上极少有人一生无风无浪。当环境急剧恶化的时候，正是检验一个人内心真正品格的最好时机。如果他是一个好公义、有怜悯心又心存敬畏的人，他就可以在任何处境都安然处之，还有余力帮助他人。我们也不妨扪心自问：自己是这样的人吗？这不仅仅是一个道德上的要求，更是帮助我们面对逆境的不二法门。

17 施拉珈寻工作记

施拉珈是一个普普通通的马车夫。他拉着客人从这城到那城，从中赚取些微薄的收入。如果天气晴朗，温暖宜人，两匹马儿在路上顺风顺水，再有个客人，施拉珈就会很满足。快乐好像是件很容易的事。但如果稍有些差错，施拉珈就只能在普通的生活里寻些快乐。

比如今天，他就有些沮丧。

这还得从六个月前说起。那时候，寒冬刚至。一天早晨，他出门时还天高云淡，风和日丽；可才一小时的工夫就完全变了天。气温骤降，黑云遍布，一场冷雨降个不停。寒冷的大风伴着雨，吹得背脊直凉，真是寸步难行。

施拉珈用力挥着马鞭。他冷极了，冻到骨子里，看来这场雨还不会马上停。可两匹马儿像跑不动似的，只在挪动，叫人发急。再过几个钟头怕是天色也要开始变暗了，不知道今晚能不能平安回家呢。

就在施拉珈胡思乱想的时候，只见狂风暴雨里忽然出现了一个人。那人站在前方路边，污泥已漫到了小腿肚子。他拼命挥着两手，嘴里像是呼喊着救命，但声音全淹没在风的呼啸中。施拉珈在风雨中停下马车，挥手让那人上了自己的车。

真是幸亏遇见了施拉珈！这前不着村后不着店的半路中，那人在那儿做什么？！他俩一路奋力前行，终于在两个小时后，奇迹般地安全抵达施拉珈的家中。他俩换上干净的衣服，一同坐在暖炉边，饮着温暖鲜香的热汤。

原来这半路相逢的旅行者竟是著名的利夫学者！这天早晨，利夫出门探访年迈的父母亲，没想到遇到如此变天，被困在了暴风雨中无路可走。

“太好了，”利夫说，“你今天救了我的命。我想要赠你祈福，祝福你财源滚滚。唔……你现在有什么值钱的东西吗？比如，比较有价值的传家宝之类？”

“发财？！祝福？！谢谢您啊，老师！太感谢了！可是，值钱的东西？！真没什么。”施拉珈耸了耸肩，被这个突如其来的问题问傻了，“如果真要说值几个钱的话，也许，我的马匹。我的意思是，我的车也好，屋子也好，都很破旧，没有人愿意出钱买的。我想，真要算的话，恐怕得算我的马匹最值钱了。”

“那好吧，”利夫很平淡地说，“那就一个留给普珥节，一个留给逾越节。好了，现在我必须离开了。谢谢您的款待，上苍保佑您啊！”

说罢，他和施拉珈握手言别。关了门后，可怜的施拉珈一点没高兴起来，反倒是满肚子疑惑。他对妻子说：“真不知他那句话是什么意思。”

几个月后，正值普珥节，施拉珈的一匹马突然就死了。

好吧，死了就死了，还能怎么办。施拉珈想来想去，只能把马肉卖给了市场里的肉店，把马皮卖给了皮革商。这下，手里倒是有了点现钱，可以好好地庆祝一下普珥节，还能有钱邀请朋友一同快活。

又过了不久，正值逾越节前一周，又一个悲剧从天而降——仅剩的另一匹马儿也突然死了！哎，施拉珈叹了口气，可又能怎么办呢？他只好悲伤地又把马肉和马皮卖掉，换来的钱都足够他像个国王似的过逾越节了。啊，他恍然间明白了利夫那天对他说的话……“一个留给普珥节，一个留给逾越节”。他多么希望利夫压根没说这句鬼话呀！这真是一语成谶。节日庆贺固然是人间享受，是生活的快乐所在，可是现在的他该怎么办才好？赖以为生的马都死光了，今后连稳定的收入都成了泡影。他陷入了郁闷中。

施拉珈向邻里和朋友们求助，一个个询问他们有没有什么赚钱的方法，有没有什么可以养家糊口的工作。可是，不幸往往就是雪上加霜——什么也没有。

但是，施拉珈没有放弃希望。他和妻子商议了一下，决定出门上路找工作。他相信上苍会保佑他，他知道，如果待在家里，就养不活一家人。于是，他打包好干粮，带上祈祷书和一些换洗的衣裳，第二天一早便上路了。他心里不知要去往哪里，只得听命运的安排了，走到哪里算哪里。

几天后，他在途中一家小旅店中稍作休息。当他正舒展着累坏的身子和腿脚时，听见不远的角落里传来两个很大的声音，在争论着什么。

“我们这样下去该怎么办呢？！”其中一个声音说道，同时还传来愤怒的拍桌子的响声，“我们介绍的每个经理，他都赶跑了。这人真是神经不正常！这次被炒鱿鱼的这位，已经是两个月以来的第五个了！我看再这样下去啊，丢饭碗的就是我俩了！你倒是说呀！我们该怎么办呢？”另一个人在边上又是叹气又是哀怨。施拉珈在一边见他耸肩摊手，一副决然无奈之态。

不知被什么驱使着，施拉珈站起身，朝他们走去。“对不起，我刚住进来，刚才无意中听见了你俩的谈话。不知道你们在寻找什么样的经理呢？”

两人瞧了瞧施拉珈，又互相面面相觑，似乎有些不知所措。其中一人回答他说：

“是大地主啊，他需要找一个经理，帮他经营土地。”他话音未落，另一人打断道，“我们俩其实是承租了他的地。”第一个人又接上说：“这地区所有的农田都是归他所有的。也不知怎的，他居然委托我俩帮他找一个管理土地的经理。唉，对了，难道你曾经做过土地经营么？你觉得你有能力么？”

施拉珈点了点头。他俩同意带他去会见大地主。更不知是什么原因，那个人人口中难以伺候的恶人大地主居然第一眼就很喜欢施拉珈，而且当下就将这份工作给了他。

施拉珈真是做梦都想不到，会有如此天方夜谭发生在自己身上。工作进行得很顺利，他没有遇到什么特别难解的处境。即便有难处，他也似乎总能在对的时机做出对的选择，说出对的话，难处也就随之化解了。更加令人惊喜的是，大地主很喜欢他！他十分重用他，将自己身边重要的事务愈来愈多地交给他，让他承担更多的责任。渐渐的，那个曾经痛失两匹马的车夫变成了富裕、有影响力的人，也慢慢承担起了资助当地贫困人家的责任。他性格随和，乐于助人，在他的影响下，大地主的性格也变得越来越像他了。

智慧领悟

中国人都很熟悉“塞翁失马焉知非福”的故事，想不到类似的场景也出现在犹太人的经典故事中。不过有一点不同的是，这个故事中失去马的马车夫，从一开始就知道这一切是因为有人为了感谢他而赠予的祝福。所以他虽然失去了马，但心里还是没有放弃希望的。在我们的观念里，如果碰巧失去了马又碰巧因此得了其他好处尚可以接受，但如果特意为了祝福我们却先要失去“最值钱的东西”就很难理解了。犹太智慧与中国传统智慧的区别也在于此——他们相信所有的事情，不管好事坏事，都是有一个目的的：或是出于祝福或是出于惩罚。如果我们真的相信凡事都有目的，那么发生在我们身上的所有事，或好或坏，我们就会去思考和反省，并且长存希望，就如虽然眼前是令人沮丧的情况，但心里却深信背后必有尚未到来的祝福。而塞翁失马的故事，虽然说到“焉知非福”，背后却少了一份确定和把握，只能安慰自己说“或许也不一定是坏事吧”，这是很不一样的。我们相信凡事皆有原因，还是相信一切都是偶然呢？这将决定我们的生活态度和抗压能力。

18 维城奇遇

1903年，维也纳。那年的故事好几次听约瑟夫提起过，他和父亲多夫贝尔当时在维也纳居住了三个多月。他的父亲身患疾病，在那儿寻名医治疗。父子两人常在闲暇之余一同学习犹太人关于钱财的律法，每周还腾出时间来学习妥拉经典。

后来，多夫贝尔的病情急转恶化，医生建议他不要再多做剧烈运动，甚至提出连脑力上的过劳都是对他的健康有害的。

医生告诉他这些话的当天，多夫贝尔像往常一样，午饭过后靠在座椅上略作休息。他不完全躺下，只稍许让身子靠在椅背上，一条腿抬高搁在一张凳子上。这天，他似乎维持了这个姿势很久，比往常的休息都要长。

约瑟夫在边上看到，不知怎么办才好。父亲看上去像是脱尘的肉体；他身子歪向一边，两眼虽半闭着，却呈现奇怪的突出状。他害怕，不敢把父亲叫醒，却又更加害怕看到父亲这么躺下去。

约瑟夫不安地在父亲躺椅周围来回踱步，心里焦灼如焚，又只能默默祈祷父亲快点儿醒来。可是，父亲仍躺在椅子上纹丝不动。又过了好一会儿。约瑟夫开始搬弄起房间里的桌椅，弄出点吵闹的响声来，他想也许能吵醒父亲呢。可并不奏效。渐渐地，眼看外边天色都快要黑了。

整整九个钟头过后，多夫贝尔终于惊醒。“今天星期几了？”这是他醒来后问约瑟夫的第一句话。“我们今天要读妥拉的哪一章节了？”

约瑟夫忙对父亲说，今天已是周三了。并告诉父亲该一起阅读哪一章节。他注意到父亲好像有些迷糊吃惊。

多夫贝尔随后开始准备做晚上的祷告，并唱了一首特别的歌曲——每年犹太新年第一夜唱的歌，这是他不变的习惯。

第二日清晨，他问儿子家里有没有现钱。他俩一同出行的时候，总是约瑟夫掌管钱财经济事务。其实，他们身边可以支配的钱并不多，但为了不让父亲失望，约瑟夫想也没想，就说家里有钱。约瑟夫找借口离家一会儿，他匆匆跑到附近一家典当行，把自己一根珍贵的纯银手杖当了换钱。他把当来的钱给了父亲后，父亲对他说自己有事情需要出行。说罢便披上外衣离家了。约瑟夫深谙父亲的个性，感觉到父亲并不想要自己跟着同往，便也就留在旅店里，等父亲归来。

过了一阵子，门外忽然一阵敲门声。他打开门一看，竟是一个送包裹的男孩儿。男孩儿问是不是史尼尔森先生。约瑟夫点点头。只见男孩儿将手上拿着的包裹递过来。连同包裹的，还有一张手写的小纸条，上书：收下这个包裹，付给他 20 块钱。这字迹再熟悉不过，是自己父亲写的。于是，约瑟夫按纸条的要求照做。

在过后的几个钟头里，又陆续有好几个包裹送上门来。每个包裹都是从不同的店里送来的，但每个包裹里都写着同样的小纸条。约瑟夫仔细检查了几个包裹上写着的店家名字，方才意识到竟然几乎全是卖女装或者是女孩儿童装的店家。约瑟夫心想，一定是父亲给孙女们买的礼物吧。约瑟夫一共有三个女儿，他想来也只有这个可能性了。

直到夜里，多夫贝尔才回来。刚回来，就对儿子说，马上要一起走。他还对儿子说，带上一切祷告需要用的东西。言下之意，这是要走至少一天一夜。但父亲也没说具体去哪里。约瑟夫虽不解，也无可奈何。他急忙借了些出行要用的钱，便同意和父亲过了当夜就一起走。

第二天一早，约瑟夫整理打包完两人的东西，支付了旅店的费用，并雇了一辆送他们去火车站的车。到了火车站，父亲才说，要买去普莱斯堡的火车票。

父子俩一路坐火车到了普莱斯堡，下车时已是深夜时分。他俩找了家当地小旅馆下榻休息。

翌日早晨醒来，多夫贝尔对儿子说："走，我们现在要去一个学者家，安慰他的家人，让他们节哀。"约瑟夫虽一头雾水，但马上雇车准备出发。

父亲说不必了，要去的地方走走就到。于是，约瑟夫提起两人的行李，和父亲一同上路。

路上，两人遇见一个迎面而来的学生。多夫贝尔叫住那名学生，问他毕克家怎么走。那学生赶着去学校，很是不耐烦，便说："我没时间和你多说，我正赶着去学校呢。你就一直朝前走，到了前面，你再问路就是了。"

"好吧，"父亲对学生说，"这就是你好客的方式吗？你难道看不出，我们两个是刚来这边，人生地不熟的吗？"

学生听父亲这么说，立刻不那么烦躁起来。他诚恳地向我们道了歉，并细心地解释给我们听接下去该怎么走才能到毕克家。他还十分贴心地说，这家人现在正在丧期。再一盘问，方才从学生口中得知，原来这家人刚失去了一家之主，掐指一算，去世时间竟是那天父亲见完医生后午休前后的时间。

多夫贝尔谢过指路的学生，与约瑟夫朝着毕克家方向走去。刚到毕克家门口，他们就看见一位妇女领着三个年轻的女孩儿在守丧。多夫贝尔向妇人道明来意，并用言语安慰失去了一家之主的母女们。接着，多夫贝尔示意约瑟夫一起离开一会儿。父子俩在路上走着。前方是一所学校，只见校园里许多学生三五成群，正在学习、谈论。多夫贝尔上前和不同的学生聊起来，询问起他们的学习情况。这些学生中，还包括那个先前为他们指路的学生。多夫贝尔有意挑选了一个塔木德中的难题，与校园中的学生们辩论起来。其中有一位学生的表现格外突出，多夫贝尔也毫不吝啬对其的赞扬。

约瑟夫自然不晓得眼前的一切与毕克一家有何关系。等他们再次回到毕克家时，多夫贝尔又和毕克家的家人们交谈起来。毕克的家人们也甚为好奇，问他是毕克的什么人。多夫贝尔回答说自己是毕克的一位远房亲戚；他们又问他是否在毕克生前与他相识，多夫贝尔回答说这已经不重要了。

接着，多夫贝尔谈及毕克家三个小女的未来计划。毕克的遗孀神情一下沉重起来，她说自己的处境十分艰难。丈夫去世后，家中失去了主要经济来源和精神支柱，她既没有钱给女儿们添置新衣裳，也没有能力为女儿们寻找好夫婿。

多夫贝尔提议将方才校园里他大为表扬的那位学生许配给毕克家的大女儿，二女儿呢，就把为他们指路的学生介绍给她。“至于嫁妆和新衣服嘛，”多夫贝尔说，“您大可不必担心。就由我来给她们准备。”

这看似不经意的做媒，最后竟然都有了大圆满的结局。毕克家的两位女儿在订婚前，都收到了来自多夫贝尔寄出的包裹。包裹里正是前些日子里他买来的女式服装！这下，不仅谜团解开，而且万事俱备，皆大欢喜。第一场婚礼在多夫贝尔父子仍在维也纳城时就如期举行了，不得不让人惊喜；而毕克家的第二场婚礼也在短短的几个月后的五旬节过后举行了。

一晃距当年的维也纳奇遇过去了十年。约瑟夫又重回普莱斯堡办事，他想起十年前的缘分，决定去拜访一下毕克家的女儿们，看看她们现今的生活如何。他循着记忆中的路走到了毕克家所在的那条街，可是原本的小屋不见了，取而代之的，是一栋砖石大房子。

一位年轻的女子从房子里走出来和约瑟夫打招呼，她一眼就认出他来，此人正是当年和他父亲一起在两位姐姐们的订婚典礼上出现的宾客。她高兴地和约瑟夫说起一家人的生活。她现在也已经找到了夫婿，她的两位姐姐呢，更加幸福。她的大姐夫如今是边上一座大城市的主拉比，而二姐夫则成了当年那所学校的校长。“早知道啊，当年你父亲也该为我指配个夫婿呢！”她笑称。

（注：故事中的毕克是著名的妥拉学者，且对塔木德中的犹太律法有深刻的研究。他生前出版了一系列解读圣经及塔木德的著作，并被当时的人们尊为犹太大学者。

该故事最早出自一本口传故事集，由约瑟夫的一群学生从约瑟夫口中听说，并由这些学生及其后代整理成故事集传世。）

智慧领悟

这个故事最打动人的，是其中几位主人公处事的从容和得体。不论是主人公的父亲，还是主人公自己，抑或是他们遇到的学生，以及丧者的家人，虽然他们身处不同的环境，面对不同的窘境，但他们待人接物时都自然而然地显示出内心的谦和与恭顺，没有人表现出焦虑或者傲慢的态度。所以，他们虽然素昧平生，却可以互相信任，彼此付出，最终得到一个美满的结局。在我们今天的时代，这已经是非常难得的状态。或许我们心中的浮躁，更接近那个指路的学生起初的状态及等待父亲苏醒的主人公吧。或许我们也需要有人提醒我们慢下来，谦卑下来，因为一切自有命运的安排，这安排可能完全超出我们的想象和理解，回头看来却是最合适最完美的选择。

图书在版编目（CIP）数据
一封藏了十六年的信／小暮编著；�芝译著. —北京：中国市场出版社，2018.11
（古代智慧与逻辑丛书）
ISBN 978 - 7 - 5092 - 1740 - 5

Ⅰ. ①一…　Ⅱ. ①小…　②�…　Ⅲ. ①民间故事—作品集—世界　Ⅳ. ① I17

中国版本图书馆 CIP 数据核字（2018）第 251151 号

一封藏了十六年的信
YI FENG CANGLE SHILIU NIAN DE XIN

编　　著：小　暮
译　　著：筠　芝
责任编辑：宋　涛（zhixuanjingpin@163.com）
出版发行：中国市场出版社
社　　址：北京市西城区月坛北小街 2 号院 3 号楼（100837）
电　　话：（010）68034118／68021338／68022950／68020336
经　　销：新华书店
印　　刷：旭辉印务（天津）有限公司
规　　格：128mm × 190mm　32 开本
印　　张：4
字　　数：100 千字
版　　次：2018 年 11 月第 1 版
印　　次：2018 年 11 月第 1 次印刷
书　　号：ISBN 978 - 7 - 5092 - 1740 - 5
定　　价：28.00 元